KB125810

인생은 초콜릿

인생은 초콜릿

2018년 12월 19일 초판 1쇄 발행
2019년 1월 2일 2판 1쇄 발행

글	양소영
펴낸이	Tiago Word 티아고 워드
펴낸곳	출판문화 예술그룹 젤리판다
출판등록	2017년 3월 14일(제2017-000033호)
주소	서울특별시 영등포구 경인로 775 에이스하이테크시티 1동 803-57호
전화	070-7434-0320
팩스	02-2678-9128
블로그	blog.naver.com/jellypanda
인스타그램	www.instagram.com/publisherjellypanda(@publisherjellypanda)
기획 총괄	Craig H. Mcklein 홍승훈
기획 편집	유영, Theodore Smith, 이태은
마케팅	Caroline Dorothy, 데이비드 윤
디자인	Cecilia 이영은

ISBN 979-11-963597-5-1 03810
정가 15,000원

변호사 양소영의
달콤 쌉싸름한 삶, 사랑, 사람 이야기

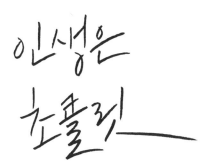

인생은
초콜릿

양소영 지음

Jelly
Panda

양소영 변호사는 생활법률과 이혼의 위기를 상담하는 변호사로, 우리는 매주 화요일마다 '여성시대'에서 만난다. 이 글 속에서 변호사가 직업인 한 사람을 알게 되어 좋았다. 특히 '나를 만들어 가는 법'이 마음에 쏙 들어왔다. 새벽에 일어나 한달음에 글을 읽으며 일로 만나는 사이가 아닌, 여린 속내를 서로 터놓는 사이가 되어 기쁘다. 모든 이들이 그 기쁨을 경험하기를 바란다.

_양희은(가수, MBC 라디오 '여성시대' 진행자)

변호사 하면 쉽게 떠올릴 수 있는 이성, 냉철, 원칙 등의 단어들만으로는 설명할 수 없는 그녀의 넓고 깊고 따뜻한 이야기들을 제대로 맛볼 수 있는 좋은 기회가 생긴 듯하다.

_서경석(개그맨, MBC 라디오 '여성시대' 진행자)

양소영 변호사는 '아침마당'에서 처음 만났다. 당차게 자기 삶을 찾아가는 열정적인 젊은 지식인이면서 자신을 진솔하게 드러내는 사람이었다. 엄마로서, 사랑받고 싶은 여인으로서, 그리고 전문 변호사로서의 삶을 사는 그녀야말로 초콜릿 같다. 책을 통해 그 삶을 들여다보면 그녀가 녹여 낸 인생의 아름다움을 맛볼 수 있을 것이다.

_김병후(행복가정재단 이사장,
김병후정신건강의학과의원 원장, KBS '아침마당' 출연)

참 따뜻한 글입니다. 양소영 변호사가 직접 말하는 듯, 눈으로 들리는 글입니다. 가족과 여성, 그리고 세상을 바라보는 시선에 고개가 끄덕여집니다. 공감할 수 있는 글은 언제 읽어도 좋습니다. 가까이 두고 생각날 때마다 한 편 한 편 초콜릿처럼 꺼내 읽어 보기를 권합니다.

_윤태영(전 청와대 대변인,《대통령의 말하기》 저자)

양소영 변호사는 초콜릿 같은 사람이다. 부드럽고 달콤한 공감력의 소유자이지만 불의를 보거나 나쁜 짓을 한 이들에게는 똑 부러진 태도로 씁쓸하다 못해 처절함까지 느끼게 만든다. 항상 새로운 일에 도전하는 그가 이제 작가로 변신했다. 변호사로, 엄마로, 그리고 아내와 딸로 살아가면서 그가 흘린 눈물과 땀, 기쁨의 순간들이 고스란히 녹아 있는 책을 읽으며 독자로서 느낀 감동을 더 많은 독자들이 누리길 바란다.

_유인경(MBN '속풀이쇼 동치미' 패널,
《내일도 출근하는 딸에게》 저자)

세상은 우리에게 끊임없이 요구한다. 경쟁에서 지면 안 된다고. 더 나은 내가 되어야 한다고. 하루하루 사는 게 참 고단한 우리에게 이 책은 고생 끝에 맛보는 휴식처럼 잠시 현실을 잊게 만든다. 그저 달콤해서만은 아니다. 화려한 모습 뒤에 숨겨진 양소영 변호사의 쌉싸름한 고군분투에 사람 사는 게 다르지 않구나 하고 느끼는 마음 때문이다. 신명나게 읽다 보니 어느새 책의 마지막 장이다. 지금 마음이 아픈, 삶에 지친 모든 이들에게 일독을 권한다.

_오은영(정신건강의학과 전문의,
오은영소아청소년클리닉 원장, SBS '우리 아이가 달라졌어요' 멘토)

누를수록 많이 넣을 수 있는 사람이 된다고 했던가. 그동안 많이 눌렸기에, 많이 담을 수 있는 양소영이 됐다. 눌리고, 당하고, 울던 그녀가 어떻게 일어났고, 어떻게 극복했고, 어떻게 웃게 됐는지, 여기에 오롯이 담겼다. 그녀를 읽어 보자. 눌림에, 고난에 감사하게 될 것이다.

_김주하(MBN 뉴스8 앵커, 기자)

누가 양소영 변호사에 대해 묻는다면 나는 주저 없이 말할 것이다. "양 변호사가 소송의 상대방이 된다면 나는 그 사건을 맡지 않을 것이다." 왜냐하면 사법연수원 동기인 양 변호사의 해박한 법률지식과 넘치는 열정을 너무나 잘 알기 때문이다. 양소영 변호사의 《인생은 초콜릿》으로 우리 인생도 초콜릿처럼 달콤해지기를 기대해 본다.

_이찬희(변호사, 서울지방변호사회 회장)

초. 콜. 릿 Choice of Cool Life Itself

　몇 초 후 내 인생에 어떤 일이 생길지 모른다는 마음으로, 그렇게 살아왔다. 한 치 앞길을 알 수 없는 인간의 유한한 삶. 이런 삶을 어떻게 받아들이며 사는 것이 좋을까 늘 생각하면서도 지나가는 시간이 아까워 겁 없이 저돌적으로 살았던 나이다.

　영화 <포레스트 검프>의 대사처럼 인생은 초콜릿 박스 안의 초콜릿 같다. 내가 어떤 맛의 초콜릿을 고를지는 나도 모른다. 입에 넣어 보기 전에는 알 수 없는 맛. 어쩌면 내가 원하는 달콤함이 아닐 수 있다. 반대로 기대하지 않았는데 상상 외로 황홀한 맛일 수도 있다. 내 손 안에 어떤 초콜릿이 주어질지는 모르나, 그 초콜릿을 어떻게 즐길 것인지는 나에게 달렸다. 내가 선택할 수 있는 것이다.

　나는 그리 대단한 삶을 꿈꾸지 않는다. 다만 내 한계를 깨닫는 지혜를 허락받아 죽을 때까지 세상을 배우며 매일 진화하는 사람이고 싶다. 그래서 난 늘 쿨한 인생으로 만들기 위해 좋은 선택을 하려 한다. 초. 콜. 릿 Choice of Cool Life Itself처럼….

나에게 상처 준 사람을 원망하며 나의 미래를 낭비할 것인지, 타인의 시선 속에 살며 나의 소중한 삶을 허비할 것인지, 운명이라는 굴레에서 벗어나지 못하고 주저앉고 말 것인지에 대해 끊임없이 고민하고 그에 대한 명쾌한 답을 얻고자 노력했다. 그 결과 나에게 상처를 주는 과거와 결별하고 미래로 나아가기를 선택했다. 또 나를 사랑하는 사람들, 내가 사랑하는 사람들과 행복하게 살기를 선택했다. 운명을 믿으며 체념하기보다 운명을 바꾸며 살기를 선택했다. 이러한 선택들이 모여 '나'라는 사람이 조금씩 빚어지고 다듬어지고 구워지며 새롭게 변화됨을 느끼게 되었다.

늦은 오후 지칠 때 입에 한 알 넣으면 힘이 나는 초콜릿처럼 나의 투박한 이야기들이 누군가에게 조금이라도 위로가 되면 좋겠다. 사람마다 자신만의 달란트가 있지만 내 달란트는 솔직히 글쓰기는 아니다. 그래서 내가 책을 내게 된 이 순간이 지금도 믿기지 않는다. 후배 이은영 변호사가 그동안 여성시대 잡지와 대한변협신문에 기고한 내 글을 읽고 여러 번 울컥했다면서 더 많은 사람들이 볼 수 있게 책으로 만들어 보자고 했다. 무모한 도전은 아닐까 주저하기도 했지만, 그 과정에서 나 스스로에 대해 다시 생각할 기회를 가질 수 있었다. 결국 후회 없는 선택이 되었고, 나는 내 인생에서 첫 책을 내게 되었다.

여성시대가 아니었다면 이 글들은 절대 나오지 못했을 것이다. 부족한 내 글을 읽고 기꺼이 추천사를 써 주신 양희은 선생님, 개그맨 서경석 씨, 김병후 박사님, 윤태영 실장님, 유인경 기자님, 오은영 원장님, 김주하 앵커, 선배 이찬희 변호사님에게 깊은 감사를 드린다. 디자인 회사를 운영하는 양시호 실장은 선물로 나의 첫 책 표지 디자인을 맡아, 어여쁜 책으로 탄생시켜 주었다. 또한 서호영 사진작가는 촬영에 서툰 나를 붙들고 땀을 뻘뻘 흘리며 프로필 사진을 찍어 주었다. 그 노력 덕분인지 김주하 앵커로부터 "너무 예뻐서 양소영 같지 않다"는 말까지 들어야 했다. 오무영 영화감독은 세상에 하나뿐인 홍보 동영상을 만들어 주었다.

'초콜릿(chocolate)'이란 명사를 'Choice of Cool Life Itself'라는 멋진 말로 새로운 의미를 부여해 주신 장훈 인천광역시 미디어담당관님에게도 고마움을 전한다. 나의 소중한 법무법인 숭인 식구들, 특히 몇 번이나 읽고 또 읽어 준 내 동생 양옥정 실장, 나의 사랑하는 동창들과 변호사 동료들, 페이스북 친구들, 인스타 팔로워들 모두가 이 책이 나오는 데 큰 힘을 보태 준 분들이다. 그리고 책을 낼 기회를 주고, 나의 부끄러운 글들을 내놓으며 함께 머리를 맞대고 책 만들기에 열중한 홍승훈 이사님과 유영 편집자님에게도 진심으로 고마움을 표한다.

마지막으로 내가 처음 책을 낸다고 했을 때 말릴 줄

알았는데 괜찮겠다고 해주고 열렬한 지원군이 되어 준 남편과, 엄마와 함께하는 시간을 포기하고 나의 글을 읽으며 뜨겁게 공감해 준 소중한 세 아이들에게 사랑한다는 말을 전하고 싶다.

이제 소소하고 평범한 나의 이야기들이 내 손을 떠나 독자들에게 간다. 문을 여는 손잡이는 안쪽에 달려 있다고 말하고 싶다. 그 문을 열고 나갈 것인지는 우리의 선택에 달렸다. 우리 모두 주어진 귀한 초콜릿 인생을 받아들고 용기를 내어 쿨하게 앞으로 걸어 나가기를 바란다. 당신이 바라보며 지켜 나가야 할 것은 고귀한 당신이라는 초콜릿이다.

2018년 12월

양소영

차례

2부

달콤 쌉싸름한 사랑과 이별의 맛

*

3부

초콜릿 상자 속 너와 나, 우리

*

4부
카카오 100% 여자의 일생

*

5부

초콜릿 블렌딩 같은 삶을 위하여

*

100~150도에서 로스팅 되는 카카오콩처럼
우리 인생도 뜨거운 열에 볶이고 제련되면서 향기로워진다.

1부

카카오콩처럼
볶이고 볶이는 인생

맞을수록
정신 차려라

맞을수록 몸을 구부리며 두 주먹을 불끈 쥐고 기다린다면,
조만간 다시 펀치를 날릴 수 있는 기회가 온다.

살다가 힘든 일을 겪을 때면 늘 비슷한 꿈을 꾼다. 사법시험을 앞두고 공부를 못해 안절부절못한다거나 갑자기 변호사 자격을 박탈당하는 꿈이다. 남자가 제대하고 나서 군입대 다시 하는 꿈을 꾸는 기분이랄까?

평소 많이 듣는 얘기 중 하나가, 살면서 어려움을 한 번도 안 겪어 본 사람 같다는 것이다. 그런 말을 들으면 세상에 그런 사람이 어디 있을까 싶지만, 내 삶을 내가 잘 지켜 내고 있구나 하는 칭찬으로 듣고 감사한 마음을 갖는다.

사실 나는 실패의 쓴맛을 여러 번 겪은 사람이다. 사법시험에 여섯 번이나 낙방했고, 일곱 번째에 31살의 나이로 '아줌마' 변호사가 되었다. 이듬해에는 바로 개업 변호

사의 삶을 시작했다. 당시만 해도 여성 변호사가 판사나 검사를 거친 전관 변호사도 아닌데 개업하는 경우는 드물었다. 법률구조공단 변호사 경험 1년밖에 없는 생초짜 변호사였으니 내가 생각해도 참 겁이 없었다.

나를 찾아온 의뢰인을 진심으로 대하며 성심성의껏 상담해 드리면, 돌아서서 하는 말이 "그런데 너무 어려 보여요. 몇 살이세요?", "상대방이 대선배인데 이길 수 있겠어요?", "왜 판사나 검사를 안하고 바로 변호사를 했어요?" 등이었다. 그런 말을 내뱉고 가시는 분들은 두 번 다시 나를 찾아오지 않았다. 이런 일이 허다했음에도 불구하고 나에게 일을 맡기신 분들은 정말 용감한 분들이었다. 그 분들이 없었다면 지금의 내가 어찌 있으랴!

아무튼 나이 어리다고 신뢰하지 못하는 분들을 위해 사무장은 법원 근무 경력이 있는 나이 지긋한 분을 채용했다. 그런데 그것이 나의 발목을 잡을 줄이야. 경력 있는 사무장은 몇 달 근무하더니 나에게 돈을 빌려 달라고 했고, 그 청을 거절하자 사표를 내밀었다. 은근히 나를 협박하는 행동이었다. 내가 사표 수리를 고민하던 사이 사무장은 미리 받은 선임료를 챙겨 몰래 도망을 쳤다. 그때 처음 사람에게 배신을 당한 나는 한동안 정신을 차리지 못했다. 그런 나의 상태와는 상관없이 현실은 냉혹했다. 선임료를 지불한 의뢰인들에게서 항의 전화가 빗발쳤고, 나는 한 분 한 분 만나 책임지고 해결하겠으니 한 번만 믿어 달라고 호소했다. 사무장을 고소하여 돈을 받기까지 2년이라는 시간이 걸렸다. 그때부터 변호사 자격이 박탈되는 꿈이 시작된 듯하다.

　　다음 해에는 가정형편이 어렵다는 20대 아가씨의 말에 측은지심이 발동하여 사무직으로 채용했더니 어느 날 통장 잔고를 탈탈 털어 사라진 일도 있었다. 직원뿐만 아니라 의뢰인들도 나를 뒤흔들어 놓았다. 승소를 하여 성공보수를 지급해야 하는 상황이 되자 돌변하는 의뢰인, 보수 지급을 안하려고 우락부락한 남자들을 데리고 나타나는 의뢰인 등 하루하루 드라마 같은 일들이 벌어졌다. 임신한 상태에서는 불룩한 배를 들이밀며 그들과 대치를 해야 했다.

　　변호사는 폼 잡고 소송만 잘해서 되는 게 아니었다. 거친 세상을 끝없이 헤쳐 나가야 되는 일이었다. 이것은 밀림에서의 생존 싸움과 다름없었다. 그 세월을 18년이나 버티고 지금까지 왔다. 이제는 '풋내기 아줌마 변호사'에서 어엿한 '중년 여성 대표 변호사'가 되었다.

　　순간순간 문제가 생기면 어디론가 숨거나 도망치고 싶은 마음이 백 번도 더 들었다. 그 문제를 들춰내고, 직시해야 하는 순간이 나에게는 엄청난 스트레스가 되었다. 그럴 때마다 나를 붙드는 것이 "맞을수록 정신 차려라!"라는 말이었다. 그것을 입으로, 머리로, 마음으로 수없이 되뇌었다.

2001년 미국에서 일어난 9.11 테러를 기억할 것이다. 그때 어떤 기자가 뉴욕 줄리아니 시장에게 물었다. "어떻게 그리 침착하게 9.11 테러 이후의 상황을 정리할 수 있었습니까?" 그러자 그는 복싱선수였던 아버지로부터 "맞을수록 정신 차려라!"라는 말을 듣고 자란 이야기를 들려주었다고 한다.

맞다. 맞을수록 몸을 구부리며 두 주먹을 불끈 쥐고 기다린다면, 또 정신을 잃지만 않는다면 조만간 다시 펀치를 날릴 수 있는 기회가 나에게 반드시 온다. 상대의 스텝이 흔들리는 바로 그 순간을 놓치지 않으려면 맞을수록 정신을 더 바짝 차려야 한다.

난 이 마음을 놓지 않기 위해 늘 컴퓨터 모니터에 이 글귀를 붙이고 일했다. 그렇게 절박한 시간들을 건너왔다. 그리고 이 원칙을 앞으로도 강하게 붙들고 살아갈 것이다.

나에게
정직하기

자기기만을 이겨 내는 것이 용기이고 통찰력이다.

30대 초반 초짜 변호사인 내가 제일 하기 어려운 말이 "모르겠습니다"였다. 이 말을 하는 순간 왠지 나의 무능함을 만천하에 드러내는 것 같았고, 다시는 어떤 의뢰인도 찾아오지 않을 것 같은 두려움에 휩싸였다. 의뢰인 앞에서 말을 빙빙 돌리고 옳지도 그르지도 않은 이야기를 하며 식은땀을 흘려야 했다. 그러던 어느 날 내게 도심재개발과 관련된 질문을 던진 의뢰인에게 나는 용기를 내어 "글쎄요, 저는 그 분야는 잘 모릅니다."라고 대답했다. 그때의 후련함이란! 막힌 가슴이 뻥 뚫리는 기분이었다. "잘 모르겠다"는 그 말을 하는 데 자그마치 10년이 걸렸다.

나는 늘 누군가에게 허투루 보이고 싶지 않은 마음

이 있었다. 데이트를 할 때도 하이힐을 신고 풀메이크업을 했다. 결혼하여 신혼여행을 가서도 남편에게 민낯을 드러내고 싶지 않아 남편보다 먼저 일어나 황급히 화장을 했다. 하지만 같이 사는 남편에게 한 번도 안 들키기가 어디 쉬운 일인가! 잠깐 방심하는 순간에 나의 민낯을 남편에게 들켰고, 남편은 낯선 내 모습을 재미있어 하며 한동안 놀렸다. 그 뒤로 남편보다 먼저 일어나 화장하는 일 따위는 하지 않게 되었다.

나에게 정직하기, 있는 모습 그대로의 나를 인정하기는 생각보다 쉽지 않다. 나아가 나의 잘못이나 실수를 인정하는 것은 더 많은 용기가 필요하다. 소송을 진행하면서 의뢰인들이 늘 하는 말이 있다. "아니, 도대체 저 사람은 왜 자신의 잘못을 인정하지 않는 걸까요?" 그러면 나는 이렇게 대답한다. "누구나 그래요. 자기 잘못을 그대로 인정하는 사람을 여태껏 본 적이 없습니다."

사실 세상에서 가장 속이기 쉬운 것이 '자신'이다. 진실로 자신이 무엇을 잘못했는지를 모르는 사람들이 허다하다. 심지어 판사에게 "난 아내를 정말 사랑합니다. 그런데 남편이 사랑하는 아내를 몇 번 때린 것이 그리 큰 죄입니까?"라고 묻는 남편도 보았다. 살인자도 자신이 살인마라는 사실을 믿지 않고, 살인할 수밖에 없었던 그럴듯한 이유를 만들어 낸다.

《삼국지》에 읍참마속泣斬馬謖이란 고사성어가 나온다. 글자 그대로 해석하면 '울면서 마속의 목을 잘랐다'는 것인데, 법은 예외 없이 엄격하게 집행되어야 위엄이 선다는 뜻이다. 제갈공명이 동생처럼 아끼던 마속을 장수로 등용했는데, 그가 전장에서 대패하자 그 책임을 물어야 했고, 울면서 그를 참수형에 처했다는 일화에서 유래한 고사성어이다.

나는 이 이야기에서 제갈공명의 마음이 얼마나 괴로웠을지를 생각했다. 그의 깊은 탄식이 내 가슴에 전해지는 듯했다. 마속을 책임자로 전장에 보낸 것도 자신이요, 그의 자존심을 건드려 무모한 짓을 하도록 재촉한 것도 자신이라고 스스로를 책망한 제갈공명. 그는 자신의 잘못을 탓하며 슬퍼하고 괴로워할 줄 아는, 용기 있는 진정한 영웅이었다.

잠시 돌아보면 '나'의 잘못이 분명 보인다. 그것을 인정하는 것이 뼈아프고 부끄럽기 때문에 스스로를 속이게 되는 것이다. 자기기만을 이겨 내는 것이 용기이고 통찰력이다. 나에게 정직하고 잘못을 인정하는 것이 상대에게 무조건 미안해하고 굽신거려야 한다는 의미는 아니다. 나의 어떤 부분이 부족했는지 찾아내고, 다른 사람의 잘못이 있다면 이것을 내가 제어할 수 없었는지까지 돌아보자는 것이다.

제갈공명이 만약 마속을 탓하기만 하는 사람이었다면, 자신의 지시를 잘 듣는 장수를 찾았을 것이다. 아마도 부하의 특성을 알아가며 지시를 했어야 한다는 통찰과 자기반성에는 이르지 못했을 것이다.

자신에게 정직할 수 있는 것은 힘들지만, 타인으로부터 '믿음'이라는 자산을 얻을 수 있다. 나만 해도 내 일은 내가 알아서 한다는 식이어서, 남편과 사사건건 공유를 하지 않는다. 특히 친정과 관련된 일이거나 내가 실수하는 일이 생기면 굳이 알리고 싶지 않다는 마음이 든다.

이런 나에 대해 남편은 늘 서운함이 있었나 보다. 내가 약점 많은 사람이라는 것을 알리기 싫은 것이었는데, 남편은 내가 숨기고 말하지 않는 것이 자신을 존중하지 않는 것이라고 여겼던 것이다. 남편의 서운함을 알게 된 이후 나는 나의 약점과 실수를 남편과 공유하게 되었다. 내 실수와 잘못을 은근슬쩍 넘어가고 싶어도 이제는 그렇게 할 수가 없다. 남편은 어느 순간에라도 나를 믿어 주면서 날카로운 조언을 잊지 않는다. 때로는 그 칼날 같은 조언이 나를 더 다듬고, 강하게 만들어 준다.

변호사 일을 하면서도 그렇다. 늘 완벽할 수는 없다. 실수를 하면 곧바로 인정하고 의뢰인에게 실수를 이야기하며 의논해야 한다. 그 순간은 힘들지만 그렇게 하고 나면 의뢰인으로부터 신뢰와 믿음을 얻을 수 있다. 소송은 2인 3각 경기이다. 의뢰인이 변호사를 믿지 못하면 이길 수 있는 사건도 지고 만다. 그렇게 의뢰인으로부터 믿음을 얻으면 그 믿음은 나에게 '책임감'과 '자신감'을 불어넣어 주고, 나를 발전시키는 원동력이 된다. 나에게 정직해지자. 세상을 견디는 가장 큰 힘이 되어 줄 것이다.

일탈의
즐거움

타인의 시선에서 벗어날 용기가 생기는 순간
새로운 인생이 펼쳐질 수 있다.

얼마 전 큰딸이 동생들에게 이런 말을 하는 걸 들었다. "우리 엄마 아빠는 머리가 아주 좋은 건 아닌데 범생이인 것 같아. 그래서 우리한테는 다행이지 않니?" 나는 그 이야기를 듣자마자 소리쳤다. "뭐? 엄마 아빠가 범생이고 머리가 별로 안 좋다고?"

아이들이 우리 부부를 범생이라고 생각한다는 점은 아주 뜻밖이었다. 남편은 잘 모르겠지만, 적어도 나는 학생 시절 약간(?) '날라리'였기 때문이다. 초등학생 때부터 아웃사이더 기질이 있었고, 사춘기가 빨리 왔었는지 친한 친구들과 '노랑갈색부츠파'를 만들어 광주 충장로 거리를 누비곤 했다. 친구들과 갈색 부츠를 맞춰 신고 거리를 걷는 기분은 이루 말할 수 없이 좋았다. 그 친구들은 지금 만나도 그때 이야기를 하며 즐겁게 깔깔거린다. 중학생 때는 플레어스커트를 입어야 하는데, 나 혼자만 에이라인 스커트를 입고, 핀컬 파마를 하고 다녔다. 고등학생 때는 몰래 불법 영어회화 서클에 가입해 놀러 다니느라 성적이 곤두박질치기도 했다. 그때 아버지는 나를 잡으러 다닌다고 고생 좀 하셨다. 공부만 해야 하는 고3 시절에는 모의고사를 끝내고 부모님 몰래 얼굴에 치약 바르고 마스크를 쓴 채 시위 현장에 나가기도 했다.

사법고시를 준비하면서는 친구들과 놀이터에서 밤새 소주잔을 기울이기도 하고, 호기심에 담배를 피워 보기도 했다. 그러면서도 구질구질한 고시생 이미지가 싫어서 늘 옷을 깔끔하게 차려입고 향수를 뿌리고 립스틱을 바르며 고시생 생활을 했다. 소위 신림동 날라리 고시생이었다. 그러던 내가 딸에게는 '범생이 엄마'로 통하다니. 이걸 다행이라고 해야 할까?

사실 나는 지금도 늘 일탈을 꿈꾸는 아줌마 변호사다. 블랙, 그레이, 베이지, 네이비 등의 모노톤 정장을 과감히 벗어던지고, 핑크, 보라, 레드, 오렌지 색의 화려한 정장을 입기 시작한 것도 나의 일탈 중 하나였다. 처음에 마음먹기가 쉽지 않았지, 그렇게 도전하고 나니 그다음은 쉬웠다. 밝은 정장을 입게 된 뒤로 느끼는 자유로움은 나를 더 밝고 자신감 넘치게 만들었다. 딸과 함께 한쪽 귀에 피어싱을 하고 나서는 내 앞에 놓인 벽을 시원하게 뚫고 나갈 수 있는 용기가 생기기도 했다.

이렇게 일탈을 하나씩 하다 보니 여태껏 내가 못했던 것이 아니라 안 했던 것이고, 내가 무엇을 하든 세상은 그리 신경 쓰지 않는다는 걸 알았다. 웅크리고 있던 내 마음이 자유와 일탈의 날개를 달고 날아오르는 기분을 느꼈다. 자유로움이 용기가 될 수 있다는 것을 깨달았고, 타인의 시선에서 벗어날 용기가 생기는 순간 새로운 인생이 펼쳐질 수 있다는 확신도 들게 되었다.

얼마 전 내가 이끄는 법무법인 숭인의 창립 4주년이 되는 날이었다. 그날 하루는 모두 쉬기로 하고, 단체로 에버랜드에 놀러 갔다. 마치 초등학생이 소풍 가는 기분으로, 평일에 놀이동산을 향하는 발걸음은 하늘을 날듯 가벼웠다. 꽤나 강심장인 나는 익스트림 놀이기구를 타면서 있는 힘껏 소리를 질러댔다. 아찔한 쾌감은 막힌 속을 뻥 뚫어주었고, 그동안 쌓였던 스트레스가 한 방에 날아가는 것 같았다. 내 마음속에는 아직 더 놀고 싶은, 다 자라지 않은 아이가 살고 있다. 그 아이를 오랜만에 놀게 해주었더니 아주 행복한 하루가 되었다.

인권이라는 것이 어찌 보면 그리 멀리 있는 것이 아니다. 내가 타인에게 해를 끼치지 않는다면 내가 하고 싶은 것을 할 수 있는 것이 아닌가. 그것이 왜 그렇게 낯설고 어려웠을까. 생각의 자유, 신체의 자유, 표현의 자유를 누리는 것에 있어 우리 세대는 다소 보수적이다. 나는 그 틀을 깨고 싶어 작은 일탈을 시도하며 여기까지 왔다.

이런 내 일탈의 경험 덕에 나는 아이들에게도 열려 있는 엄마로 조금은 인정받고 있다. 아이들이 어떤 일을 저질렀을 때 무턱 대고 야단치기보다는 나의 경험을 이야기해주며 아이들의 마음을 들여다보려고 애쓴다. "어떻게 엄마 어렸을 적이랑 똑같냐? 누구 딸 아들 아니랄까 봐." 하며 먼저 터놓고 말하면 아이들은 놀라는 눈으로 쳐다보다가 이내 자신의 이야기를 들려준다. 자꾸만 제도권에서 벗어나 일탈하고 싶다고 하면, 같이 그 일을 해보기도 한다.

친구 같은 엄마가 되는 것, 아이들이 갖게 되는 일탈에 대한 호기심을 이해하고 관대히 받아들이는 엄마가 되는 것이 아이들을 더 자유롭게 하고 어두운 곳으로 숨지 않게 하는 것 같다. '나도 일탈하며 시행착오를 겪었으니, 내 아이들도 그러하리라. 그러면서 얻는 값진 교훈들이 삶을 살아가는 데 피가 되고 살이 되리라.'고 생각한다.

나의 일탈 욕구, 아이들의 일탈 욕구를 인정하게 되면 타인의 일탈도 이해하고 배려심이 생긴다. 사회 구성원으로는 모범생으로 사는 것이 맞겠지만, 나의 개인 삶 가운데서는 일탈과 변화를 꿈꾸는 것이 건강에 좋다. 나는 지금도 어떤 일탈을 할지 생각하며 가슴 설레어 한다. 경계와 편견 없이 나를 사랑하고 남을 사랑하며 재밌게 살고 싶다. 작은 일탈을 하면서….

악바리

도전 정신

대단한 도전이 아니더라도 괜찮다.
안 된다는 생각보다 할 수 있다는 생각으로 박차고 나가라.

어렸을 적 나는 겁이 많은 데다 친구들보다 두 살이나 어려서 늘 왕따 아닌 왕따를 당했다. 덩치는 비슷했지만 아무래도 나이가 어리다 보니 고무줄놀이나 공기놀이에 끼워주질 않았다. 그래서 늘 두 살 많은 친구들과 어깨를 나란히 하기 위해 학교 수업이 끝나면 집에 가지 않고 운동장에 남아 남몰래 고무줄놀이, 공기놀이를 연습했다. 손이 흙투성이가 되도록, 손톱 밑에 흙이 끼어 까매지도록 열심히 했다.

그렇게 혼자 연습에 몰두하던 어느 날 커다란 나무 옆에 세워져 있는 사다리처럼 생긴 놀이기구인 등목이 눈에 들어왔다. 그 등목을 본 순간, 내가 고무줄이나 공기놀이는 친구들 실력에 못 미쳐도 저 높은 곳에 올라가면 친구들이 날 인정해 주지 않을까란 생각이 들었다. 일부러 더 용감하게 보이려고 꼭대기까지 올라 반대편으로 타 넘어다니는 연습을 했다. 그러면서 꼭대기에 섰을 때의 아찔함, 펄떡펄떡 뛰는 심장소리에 알 수 없는 성취감을 느끼곤 했다.

계단을 올라가 한번에 바닥으로 뛰어내리는 것도 곧잘 했는데, 계단 수가 늘어날 때마다 기분이 좋았다. 처음에는 친구들에게 보여 주기 위해서였다면, 나중에는 점점 내가 어디까지 해낼 수 있는지 알고 싶어 도전하게 되었다. 또 자전거에 동생 셋을 한꺼번에 태우고 언덕을 내려올 수 있는지 시험하기도 하고, 어른들이 타는 짐 나르는 큰 자전거를 짧은 다리로 뒤뚱거리며 올라타다 넘어져 무릎이 깨져도 포기하지 않고 나의 가능성을 체크해 보기도 했다.

내가 일찍 개업을 한 것도 어찌 보면 편안한 삶을 뒤로 한 도전 정신에서 비롯된 것이다. 법률구조공단 변호사로 따박따박 나오는 월급을 받으며 편히 아이를 키울 수도 있었는데, 난 왠지 그런 생활이 만족스럽지 않았다. 32살의 나이로 개업하려니 겁이 나고 무섭기도 했지만, 그 길을 걸어 나가야 새로운 세계가 펼쳐질 수 있음을 알았기에 그 선택을 외면할 수 없었다. 변호사로서 기존 판례에 의존해 보수적인 판단을 받는 것에서 벗어나 새로운 판례를 만들어 권리 영역을 넓혀가고 싶다는 도전 정신이 샘솟았다. 이렇 듯 보이지 않는 미래의 바다로 노를 저어 나가고 싶은 호기 심이 늘 나를 자극했다. 그것이 나를 자꾸 남들이 가지 않 은 길로 인도한 것 같다.

페이스북 공동창업자인 셰릴 샌드버그는 자신의 책 《린 인》(와이즈베리, 2013)에서 여성들은 자신의 능력을 지 나치게 신중히 판단한 나머지 새로운 일을 맡는 데 주저하 고, 나아가 자신의 능력을 실제보다 낮게 판단한다고 말했 다. 무척 공감이 가는 이야기였다. 예전에 나와 일하던 남성 직원이 한 건설회사로 이직하기 위해 일을 그만둔 적이 있 었다. 이직하여 맡게 되는 일은 송무 관련 업무와 해외 발주 업무와 관련된 영문 계약서를 검토하는 일이었고, 연봉이 매우 높았다.

나는 후배를 축하해 주면서 영어를 그리 잘하는지 몰랐다고 무심코 말했다. 그랬더니 "영어 공부, 이제부터 해보려고요. 사람이 하는 일인데, 할 수 있겠죠."라고 대답 하는 거였다. 나는 내심 깜짝 놀랐다. 그것이 무모한 것처 럼 보이기도 하고, 삶이 절박하기에 일단 부딪혀 보자는 도 전처럼 보이기도 했다. 여성이라면 자신의 능력을 객관적 으로 평가하여 신중하게 이직을 생각할 텐데, 어쩌면 막무

가내 정신으로 덤비는 것도 때로는 좋지 않을까란 생각을 해본다. 남성이든 여성이든 도전하는 자와 도전하지 않는 자의 차이는 분명히 있기 때문이다.

돌이켜 보면 나는 항상 답을 아는 상태에서 도전한 것이 아니라 일단 "제가 해보겠습니다!" 하고 손을 번쩍 든 후 두 근 반 세 근 반 떨리는 마음으로 한 발씩 내딛었던 것 같다. 만만치 않은 소송 사건을 담당할 때마다 신경이 곤두섰고, 상대방이 판사나 검사 출신 변호사를 선임한 사람이 거나 유명인 혹은 재벌일 경우에는 두려움이 꿈틀거리며 스멀스멀 올라오기도 했다. 처음 가사사건을 전문으로 하는 법무법인을 시작한 것도, 사건을 진행하며 납득할 수 없는 결과가 나올 때는 무료로 항소심을 하면서까지 대법원 판결을 받아낸 것도 모험이었다. 또 전혀 해보지 않은 방송 프로그램 출연을 했을 때도 심장이 터질 것 같았지만 피하지 않고 도전했다.

이 모든 것들이 다 내게는 새로운 도전이었다. 작은 도전들이 모여 지금의 양소영이 되었고, 법무법인 숭인이 만들어졌다. 대단한 도전이 아니더라도 내게는 소중한 밑거름이 되었다. 안 된다는 생각보다 할 수 있다는 생각으로 박차고 나간 것이 끊임없는 도전을 이어갈 수 있게 했다.

내가 첫아이를 출산할 때 남편은 내 옆에서 이렇게 외쳤다. "우리 누나도 낳았고, 아래 동서도 낳았는데, 당신도 할 수 있어!" 남편의 어이없는 위로에 나는 피식 웃고 말았다. 하지만 다시 생각해 보면 맞는 말이다. 남이 할 수 있으면 나도 할 수 있고, 내가 어려우면 남도 어려울 것이란 배짱을 가지고 무슨 일이든 도전해 봐야 한다.

요즘 건강 관리 겸 취미로 수영과 수상스키를 배우고 있다. 내친김에 요트 운전하는 법까지 배워서 망망대해로 나아가 거대한 파도와 마주하고 싶다. 노년에는 돈 버는 변호사를 그만두고 공익 사건만 맡고 싶다. 60세가 됐을 때는 부부상담사가 되기 위해 유학길에 오르고 싶다. 부부의 사랑으로 이루어지는 가정이 이 사회에서 얼마나 중요한 것인지를 알기에 서로 영원히 사랑할 수 있는 방법에 대해 공부하며 남은 인생을 보내는 게 내 꿈이다. 내가 겪은 경험을 들려주며 상처 입고 방황하는 사람을 다시 사랑하는 사람 곁으로 돌아가게 해주고 싶다.

세상을 더 좋은 곳으로 만드는 방법에는 여러 가지가 있겠지만, 나와 같은 사람들이 작은 걸음, 작은 도전을 실천한다면 더 빨리 좋은 세상이 오지 않을까? 그런 의미에서 나의 족적이 희미할지라도 두려워하지 않고 손을 번쩍 드는 나의 악바리 도전 정신은 변함없이 계속될 것이다.

도롱뇽의
꿈

앞으로 이 세상을 만들고 이끌어 갈 사람은 만들어진 용이 아니라
개천에서 스스로 용이 된 사람이다.

　내가 하는 계모임 중에 '용천회'라는 모임이 있다. '개천에서 난 용들의 모임'을 줄이다 보니 '용천회'가 되었는데, 마치 거대 조직의 이름처럼 들린다. 조직원들이 몸에 용 문신이라도 했을까 싶지만, 오해 말기를! 여기서의 용은 '도롱뇽'을 뜻하니 말이다. 대학에 들어가자마자 고시 기숙사에서 만나 같은 방을 쓰며 꽃다운 20대를 함께 보낸 선후배들 몇몇이 모여 만든 모임이니, 그 끈끈함이란 이루 말할 수 없다.

　그 시절 하루 일과를 마치고 고시실로 돌아오면 밤 열 시가 조금 넘었다. 그 길로 잠들면 좋으련만, 밤샘 공부를 해야 하기에 고시생들은 하나둘 약속이라도 한 듯이 주

방으로 모인다. 그리고 자연스럽게 수다를 떨기 시작한다. 아, 지금 생각하면 그 시간은 하루의 통과의례이자 젊은 시절 고시생의 유일한 낙이었다. 말이 주방이지 오래된 목조건물 귀퉁이에 자리한 부엌은 습습한 마루바닥에 페인트칠 곳곳이 벗겨져 나가 바퀴벌레라도 튀어나올 것 같은 곳이었다. 달랑 가스레인지 하나, 냉장고 하나가 전부였던 그 공간이 우리에게는 잊혀지지 않는 추억의 장소이다.

1차, 2차 시험을 앞두기 직전만 아니면 우리는 거의 매일 밤 모였다. 그러면 어김없이 누군가 한 명이 가스불에 라면 물을 올린다. 처음엔 생각 없다가도 라면 봉지가 뜯어지고 스프와 라면 끓는 냄새가 코를 자극하면 입에 침이 고인다. 냄비 하나 가운데에 놓고 여러 명이 둘러앉아 한 젓가락씩 휘휘 저어 나눠 먹던 그 시절. 그때의 라면 맛은 정말 꿀맛이었다.

금세 냄비 바닥이 보이면, 서로의 얼굴을 쳐다보며 '하나 더 끓여? 말아?' 하는 눈빛을 교환하고, "또 먹으면 얼굴 퉁퉁 붓는데", "얼굴에 여드름 나면 어떡하지?" 걱정을 한다. 하지만 이미 라면 국물 맛을 본 우리는 아무도 자리를 뜨지 못한다. 누군가 불쌍하게 남은 국물을 헤집어 버섯 조각을 숟가락으로 건져 올리면 한 명이 소리친다. "야,

우리 얼굴 볼 사람 어디 있다고! 누가 고시생 얼굴을 보겠냐. 먹자 먹어." 그러면 "그래, 먹고 죽자!" 하면서 얼른 냄비에 새로운 라면을 끓이기 시작한다.

이렇게 우리는 심야 라면의 공범이 되어 안도의 눈빛으로 서로를 위로했다. 반짝반짝 빛나는 20대 청춘, 외모에 관심 많고 한창 데이트하고 싶을 그때 우리는 습하고 축축한 주방 한쪽에서 라면으로 고단한 밤을 달래며 고시에 매달렸다. 지금 내 몸을 차지하고 있는 살 중 대부분은 그때 비축해 둔 라면 살일 것이다. 아무튼 우리는 그 시절을 그렇게 보내며 도롱뇽이 되었다.

며칠 전 한 신문에서 여론조사 결과 '이제 개천에서 용이 날 수 없다'고 생각하는 국민이 70퍼센트에 달한다는 기사를 보았다. 이러한 국민들의 심리상태가 매우 걱정되었는지 모 방송에서는 스페셜 프로그램을 통해 개천에서 난 용들을 찾아다니며 아직 그들이 존재하고 있음을 밝히면서 안심하라고 위로하기도 했다.

당시 방송에서는 정말 개천에서 난 용들을 찾아냈다. 동대문 시장에서 뉴욕으로 진출한 패션디자이너, 보육원에서 자라 서울대학교에 진학한 대학생 등 힘든 환경을 극복하여 세상에 우뚝 선 멋진 사람들이었다. 특히 젊은 용들의 인터뷰를 보면서 그들의 자신감에 찬 눈빛과 목소리에 감동을 받았고 그들 머리 뒤로 후광이 비치는 듯했다. 분명한 것은 앞으로 이 세상을 만들고 이끌어 갈 사람은 만들어진 용이 아니라 개천에서 스스로 용이 된 사람일 것이라는 점이다.

자칭 도롱뇽인 나는 내 아이들을 어떻게 키우고 있을까? 개천에서 스스로 날아오르는 용이 될 아이들로 키우고 있을까? 아니면 용으로 만들기 위해 억지로 무언가 하는 것일까? 방송을 본 이후 약간의 조바심이 생겼다. 세 아이의 부모로서 무엇을 해야 할까 생각하게 되었다. 내가 아이들에게 해줘야 할 일은 개천을 만들어 주는 것, 스스로 용이 되어 날 수 있도록 생명력을 갖게 해주는 것이다. 부디 우리 아이들이 거칠고 부족한 세상에서 결핍을 자양분 삼아 끈질긴 생명력을 갖기를!

아픔을
견디는 방법

스스로에게 고통을 견뎌 나가는 시계를 만들어
매일 앞을 바라보며 걸으라.

　　　　KBS1 '아침마당' 생방송이 있어 부지런히 올림픽대로를 달리고 있을 때였다. 라디오에서 처음 들어보는 노래가 흘러 나오는데, 형돈이와 대준이의 '안 좋을 때 들으면 더 안 좋은 노래'라는 곡이었다. 노래 제목이 참 희한했다. '노래는 보통 안 좋은 기분을 풀기 위해 듣는 것 아닌가?' 의아해하면서도 참으로 도발적이고 반항적인 제목이라는 생각이 들었다. 나중에 가사를 찾아보니, 노랫말이 더 직접적이고 가슴을 후벼 팠다.

　　　듣지 마! 우리 노래 듣지 마!
　　　듣지 마! 안 좋을 때 듣지 마!

듣지 마! 우리 노래 듣지 마!

(중략)

아직 끝이 아니야 이게 다가 아니야
이별의 끝을 몰라 넌 넌 진짜 끝을 몰라
아직 끝이 아니야 이게 다가 아니야
넌 어려 아직 어려 넌 혼 좀 나야 돼

전체 가사를 보면 이별로 슬픔에 잠긴 사람이 현실을 직시하게 만드는 말로 가득하다. 그런데 이상하게 이 노래가 내 뇌리에 박힌다.

여섯 번의 사법고시 낙방. 20대 시절 무려 6년이라는 시간을 거기에 투자한 나는 기나긴 어둠의 터널을 지나는 듯했다. 세상에 다시 발 디디지 못할까 봐 두려워지면 매번 그 절망의 늪에서 빠져 나오려고 얼마나 애를 썼던가! 화장실에 앉아 새벽이 오기 전이 가장 어둡다는 말을 곱씹으며 눈물을 닦아 내던 시절, 다시 마음을 독하게 먹고 독서실 책상에 앉아 하루하루를 견디던 시절이었다.

체중은 줄고 건강은 조금씩 나빠지고 두피까지 벗겨

져 고통스러웠던 나날들이 거짓말같이 끝나자 고생 끝, 행복 시작인 줄 알았다. 나 자신이 세상의 모든 어려움을 다 이겨 낸 위대한 존재로 여겨졌다. 그런데 웬걸! 그것은 백 퍼센트 나의 착각이었다. 그때부터가 진짜 인생의 시작이 었다. '이별의 끝을 몰라'가 아니라 '인생의 끝을 몰라'였던 것이다.

결혼 후 임신을 하고 입덧이 심했다. 입을 열면 토할 것 같아 의뢰인과의 전화통화도 어려웠다. 세 아이를 가졌을 때마다 다섯 달씩 입덧을 했으니, 서울 각지 법원은 물론이고 경기 지역 법원 여자 화장실까지 포함해 내가 토하지 않은 곳이 없을 것이다. 그 와중에 내가 아는 지인 변호사가 내 의뢰인의 사건을 가로채 가는 일이 벌어졌다. 나와 통화가 어렵다는 의뢰인의 푸념을 듣고 냉큼 그 사건을 가져가 버린 것이다. 그로 인한 서운함과 배신감을 속으로 삭이면서 혹여나 배 속의 아이에게 안 좋은 영향이 미칠까 봐 전전긍긍했다. 그렇게 꾹꾹 참으며 버티는 일이 너무 괴로워서 시원하게 따귀 한 대 날리고 끝내고 싶은 유혹에 흔들리기도 했다.

계속되는 입덧과 퉁퉁 부은 다리로 사건을 맡아 변호하며 세 아이의 엄마가 되었다. 아이를 낳으면 그것으로 끝인 줄 알았다. 그런데 아이들이 커 갈수록 절망하고 가슴 아픈 일들이 더 많아지는 것이 아닌가! 이 고통은 산통보다 더한 것 같다.

　　IMF 금융위기 때는 또 어떠했는가. 힘들지 않았던 사람은 없겠지만, 나 역시 힘든 순위로 따지면 상위권에 들 수 있을 것이다. 의뢰인의 배신과 빚더미. 그 빚을 다 갚을 때까지 내 가슴속에 쌓인 가족들에 대한 미안함. 온몸이 부서지도록 이리 뛰고 저리 뛰다가 지하 주차장에서 몇 시간 동안 펑펑 울었던 시간들. 그때마다 이것이 내 인생의 마지막 고비라고 스스로를 위로했다. 그런데 그게 끝이 아니란다. 그게 다가 아니란다. 아직 어리다고, 더 혼 좀 나야 된다고 한다.

　　이 노래의 솔직한 충고는 깊이 숨어 있는 진실과 마주하도록 내 정신을 깨운다. 너무나 솔직해서 웃음이 나온다. 그걸 모른 척하는 내 모습이 우습다. 그런데 솔직하고 직설적인 이 노래 정신에 반대하는 연구 결과를 본 적이 있다. 그 연구 결과의 내용인즉슨 주사바늘을 보고 있는 환자와 보고 있지 않은 환자가 느끼는 아픔의 정도가 다르다는 이야기였다. 그러니까 우리 뇌를 잠시 속이는 것이 가능하다는 것이다. 예를 들면 '희망'이나 '위로' 같은 것으로 말이다. 그러면 아픔의 정도가 약해진다고 한다. 어찌 보면 아픔을 고스란히 느끼기보다 조금 덜 느끼며 행복감을 누리는 것도 괜찮을 것 같다.

아픔이나 고통을 견디는 나만의 노하우가 있다. 마음속으로 숫자를 세는 것이다. 하나, 둘, 셋… 숫자를 계속 세다 보면 고통에 덜 집중하게 된다. 사우나에서 모래시계를 세워 놓고 모래를 바라보며 뜨거움을 견디는 것처럼. 힘든 일이 생기면 100일만 참자, 1년만 참자, 3년만 참자 하며 스스로 기간을 정하고 날짜를 세어 나간다. 무인도에서 기약 없는 생환을 기다리며 하루하루를 그어 나가던 로빈슨 크루소가 된 심정으로.

기약 없거나 근거 없는 희망은 나의 현재를 뿌리 없는 나무처럼 쓰러져 버리게 한다. 하지만 스스로에게 고통을 견뎌 나가는 시계를 만들어 매일 앞을 바라보며 걸으면 어느덧 멀찌감치 와 있는 나 자신을 발견하곤 한다. 어떤 때는 내가 생각한 시간보다 고통이 빨리 끝나기도 하고, 다시 시간을 설정해야 할 만큼 더 오래 고통을 감내해야 할 때도 있다. 하지만 그 끝을 보지 않은 적은 없다.

사람이 성장하는 데는 시간이 걸린다. 그리고 그 시간은 사람마다 다르다. 그 사람에게 맞는 성장의 속도가 있다. 그러니 자신을 몰아치지 말자. 조급해지지 말자. 넉넉한 시간을 정하면 된다. 그 시계에 집중하다 보면 어려움을 견딜 수 있다.

사람에 속고

돈에 울고

나는 계속 일할 것이고, 큰 돈은 욕심내지 않을 것이다.
이것이 내가 상어 떼에게 절대 잡아먹히지 않는 방법이다.

변호사로 인생의 삼십 대를 보냈다. 일하는 재미에 빠져 보기도 하고, 일만 하는 인생이 서글퍼져서 나를 위해 흥청망청 돈을 쓰기도 했다. 빨리 집도 사고 아이들을 키우려면 돈이 필요하다는 생각에 10억 모으기 열풍에 휩쓸려 부자가 되겠다는 꿈을 품었다가 서브프라임 사태에 펀드가 폭락해 엄청난 손해를 본 일도 있었다.

'인생은 사랑에 속고 돈에 운다'는 말이 있는데, 내가 살아온 세월을 돌아보면 '인생은 사람에 속고 돈에 운다'가 더 맞다는 생각이 든다. 첫사랑에 배신당하면 그다음부터는 마음을 다해 사람을 사랑하지 못한다. 사람에게 한 번 배신당하면 사람을 경계하는 법부터 배우게 된다.

이런 경험을 안하고 지나가면 가장 좋겠지만, 이런 안 좋은 일이 내 가족에게 생긴다면, 차라리 내가 겪는 게 낫겠다는 생각을 했다. 하지만 나의 바람은 보기 좋게 빗나갔다. 친정 엄마가 지인에게 금융 피라미드 사기를 당하고 만 것이다. 사기꾼들은 인정사정없이 무섭게 달려들었다. 그들은 모든 살점을 뜯어 먹고서야 물러서는 잔인한 상어들이었다.

내가 어려서부터 존경하고 닮고 싶었던 엄마가 한순간에 극빈자로 전락하는 모습을 지켜보면서 얼마나 괴로웠는지 모른다. 엄마는 늘 당당하게 일하는 여성이었고, 웃음을 잃지 않는 어여쁜 분이었다. 지금도 엄마가 한여름날 하얗게 풀 먹인 모시 정장을 입고 양산을 들고 집을 나서던 모습이 눈에 선하다. 그런 엄마처럼 우아하고 멋진, 일하는 여성이 되고 싶었다.

삼십 대 초반의 나는 아이 셋의 엄마이자 친정 살림까지 책임져야 하는 가장으로 정신없이 보냈다. 엄마를 향한 원망이 점점 커지는 동시에, 나만 보면 미안해하는 엄마가 보기 싫었다. 그 예쁜 얼굴은 어디 가고 까맣게 기미가 끼고 이마에 주름이 깊게 패인 엄마의 모습이 낯설었다. 그 얼굴에는 우울과 가난만이 가득했다. 어쩌다 엄마가 전화하면, 나는 퉁명스럽게 받으며 엄마의 말에 쏘아붙이는 나쁜 딸이었다. 내 분에 못 이겨 소리를 질러대기도 했다. 내 눈치를 보며 주눅 들어 지내는 엄마의 서글픈 모습이 나를 더 화나게 했다.

엄마처럼 똑똑한 분이 왜 어처구니없이 사기를 당했을까. 도무지 이해가 안 되면서도 네 명의 자식을 뒷바라지하며 시집 장가 보내려고 돈을 마련하려다 이 지경까지 온 걸 생각하면 엄마 탓만 할 수도 없었다. 사기꾼은 작정하고 달려들면 누구라도 속일 수 있을 테니 말이다. 그때부터 나는 돈 때문에 얼마나 비참해질 수 있는지 깨달았고, 사람을 믿지 못하게 되었다. 사람뿐만 아니라 돈도 경계하게 되었다.

그러면서 돈에 대한 나만의 기준이 생겼다.

첫째, 내가 생각하는 부의 기준을 정하고, 그 이상 벌면 주위 사람들과 나누는 것이다. 이렇게 기준을 정하니 인생이 즐거워졌다. 나보다 재산이 많은 사람이 부럽지 않았다. 내 기준과 분수에 맞게 살면 되는 것이니, 자꾸 누군가와 비교하지 않게 되었고, 더 이상 돈이 내 인생의 목표가 아니게 되었다.

둘째, 수익률 연 3퍼센트 이상의 투자는 하지 않는

것이다. 이렇게 하니 쓸데없는 욕심에 괴롭지 않고, 내가 사람에게 속을 일이 없어 좋다. 누가 나를 유혹해도 거기에 혹하지 않고, 조금의 수익에 만족한다면 불안에 떨 필요도, 누구를 원망할 필요도 없게 된다.

셋째, 늙어서까지 무슨 일이든 하는 것이다. 그래야 내가 쓸 돈을 벌 수 있다. 금액의 크기는 상관없다. 전에는 부모가 부자이고, 남편이 부자인 사람을 부러워했다. 죽도록 일해야 하는 내 신세를 한탄하기도 했다. 그런데 이혼 사건을 담당하면서 가장 크게 얻은 교훈이 있다. 사랑하는 부부 사이라도 남이 벌어 온 돈을 쓰는 사람은 눈치를 보고 살아야 한다는 것이었다.

사람에 속고 돈에 울 일은 만들지 말자. 사랑하는 사람들 곁에서 일하며 번 돈으로 즐겁게 살아가자. 나는 계속 일할 것이고, 큰 돈은 욕심내지 않을 것이다. 이것이 내가 상어 떼에게 절대 잡아먹히지 않는 방법이다.

바람을 받아 낼
돛을 만들라

내가 할 수 있는 것은 때를 기다리며
구름 같은 돛을 만드는 것이다.

　　가끔씩 마음이 건조해지는 느낌이 들 때가 있다. 많은 사람들을 만나고, 피 튀기듯이 싸우며 승소를 위해 앞으로 나아가다 보면, 순간순간 버티기 위해 달달한 초콜릿을 먹으며 당을 보충하기도 하고, 시를 읽으며 내 마음을 정화시키기도 한다. 나는 종류를 가리지 않고 시를 읽는데, 그중 이태백의 한시는 늘 나를 가슴 벅차게 만든다.

　　중국 최대의 시인이자 시선詩仙인 이태백은 남성적이고 용맹스러웠다. 25세 때 가정을 돌보지 않고 양쯔강揚子江을 따라서 장난江南, 산둥山東, 산시山西 등지를 편력하며 한평생을 보냈는데, 중국에서 그의 발자취가 닿지 않은 곳이 없을 정도라고 한다. 맹호연孟浩然, 원단구元丹邱, 두보杜甫 등 많은 시인과 교류하며, 방랑으로 시작해 방랑으로 끝난 이태백의 삶. 그러나 그의 방랑은 단순한 방랑이 아니었다.

행로난行路難 _이태백

금잔의 청주는 만금이요
옥반의 진미는 만전이라
잔을 멈추고 젓가락을 던지고는
검을 빼어들고 사방을 바라보나니,
가슴이 막막하다

황하를 건너자 했더니
얼음이 강을 막고
태항산을 오르려 했더니
눈이 산에 가득하네

푸른 시내 낚시는 한가로운데
해 뜨는 곳으로 가는 배의 꿈이여!
인생길의 어려움이여, 어려움이여!

수많은 갈래길에서 나는 지금 어디 있는가!
큰 바람이 물결을 깨치는 날이
반드시 오리니
구름 같은 돛을 곧장 펴고 드넓은
창해를 넘어가리라

 한시를 음미하다 보면 천하의 재인으로 태어난 이태백이 순탄치 않은 자신의 삶을 한탄하는 것을 느낄 수 있다. 그러나 그는 울분과 탄식에 머무르지 않고 자신의 꿈을 이룰 것을 확신하며 "언젠가 큰 바람이 불어오면 나는 그 바람을 타고 대붕처럼 날 것을 꿈꾼다. 구름 같은 돛을 달고 곧장 펴서 드넓은 창해를 넘어가리라."고 말한다.

나는 버거운 숙제나 힘든 일을 만나면 이 구절을 읊조린다. '그래, 곧 내가 기다리던 큰 바람이 올 거야. 그날을 기다리며 구름 같은 돛을 준비하자. 바람이 오면 돛을 세워 큰 바람을 놓치지 않고 받아내자. 드넓은 바다를 헤쳐나가는 거야.'라고 다짐한다.

인생은 '행로난'이다. 그것을 피할 수 있는 사람은 없다. 내가 할 수 있는 것은 때를 기다리며 구름 같은 돛을 만드는 것이다. 큰 바람에 찢기지 않을 튼튼한 돛을 만드는 것이다. 그 바람이 언제 올지는 모른다. 돛을 준비하기 전에 바람이 온다면, 다음 바람을 기다릴 것이다. 돛을 준비하지 못하면 영영 바람을 만날 수 없을 테니까.

마음을 다스리고 천천히 나의 돛을 만들어 보자. 어떤 바람도 맞아 낼 수 있는 폭이 넓고 질긴 돛이어야 한다. 그 돛을 달고 바다로 나아가면 바람이 불고 큰 물결이 일어도 든든할 것이다. 큰 바람이 나를 저 멀리 데려다줄 것이다.

인정 욕구에
갇힌 나

착하게 열심히 사는 것은 당연한 이치인데,
그것을 인정받고 싶어 한 것이 나를 옥죄는 쇠사슬이 되었다.

생각할수록 참 신기한 일이 있다. 그것이 무엇이냐하면, 생면부지로 만난 나와 남편이 결혼을 하고 부부로 십여 년을 살아온 것이다. 만난 지 한 달 만에 결혼을 결심하고 6개월 뒤 겁 없이 식을 올리고 아이 셋을 낳아 지금까지 잘 살고 있는 것이 놀랍다.

행복하게 별 탈 없이 살아온 우리 부부도 권태기라는 것을 겪었다. 남편 때문에 화가 머리끝까지 나서 힘들었던 무렵 나는 MBN '속풀이쇼 동치미'란 프로그램 섭외를 받게 되었다. 그 프로그램에 출연한 나는 내 안의 '화'를 만날 수 있었다.

워킹맘으로, 아내로, 딸로 대한민국에서 소위 '범생

이' 삶을 살아온 내가 울분을 쏟아내자 많은 이들이 공감해 주었다. 3년 정도 내 속 이야기를 하고, 남편 흉을 실컷 보며 쌓아온 화를 전부 토해 내고 나니 비로소 내 안에 여유가 생겼다. 참지 않고 밖으로 내 속마음을 표출한 것이 뜻밖에 많은 사람들의 공감과 이해를 받게 되자 큰 위로를 얻었다. 그 시간들은 지금도 나에게 큰 축복과도 같은 시간이다. 그렇게 나는 스스로 화를 치유하고, 남편을 처음과 같은 마음으로 바라볼 수 있게 되었다.

나는 초등학교 선생님인 아버지 밑에서 자랐다. 어린 시절 나는 늘 아버지로부터 성적표를 받는 느낌이었다. 남들보다 어린 나이인 6살에 학교에 입학했는데, 'ㄱ, ㄴ'도 몰라 매일 아침 여섯 시에 일어나 아버지로부터 한글을 배우고, 국민교육헌장을 읽어야 했다. 지금 젊은 세대들은 국민교육헌장이 무엇인지 잘 모를 것이다. 그 헌장 중에 '인류공영에 이바지할 때다'라는 구절이 있는데, 나에게는 그 문장을 읽는 게 너무 어려웠다. 그럼에도 아버지는 내가 제대로 발음할 때까지 꿀밤을 때렸고, 나는 닭똥 같은 눈물을 흘리며 "인류공영"을 외쳤다.

글씨는 네모 반듯한 칸에 딱 들어가게 이쁘게 써야 했고, 연필을 잃어 버리고 돌아온 날은 벌을 서야 했다. 그러다 보니 학교를 다니면서는 아버지의 평가가 매우 중요한 기준이 되었다. 아버지는 늘 나에게 큰 기대를 걸었지만, 칭찬에는 인색하셨다. 아무리 1등을 하고, 좋은 성적표를 가져가도 더 높은 목표를 제시하셨다.

"네가 시골에서나 1등이지, 도시로 나가면 또 다르다.", "끈기가 이리도 없어서 되겠냐. 주마가편이구나."라고 말씀하시며 나를 늘 채찍질하셨다. 이런 경험 때문인지, 나는 늘 누구로부터 인정받는 것에 목말라했다. 인정받기 위해 고시공부를 하고, 변호사가 되고, 모범적인 삶을 살아야 한다는 강박에 매순간 시달렸다. 나는 착한 아내, 좋은 엄마, 일 잘하는 변호사 역할을 모두 해내는 슈퍼 우먼이 되고 싶어 나 자신을 들들 볶았다.

돌이켜 보니 남편은 내가 요리를 못해도, 청소를 못해도 뭐라 하지 않았다. 내게 시댁에 잘하라고 한 적도 없었고, 나에게 아이를 셋 낳자고 한 것도 아니었다. 내가 기준을 높이 세우고 아등바등 살면서 남편이 그 기준을 바란다고 착각했고, 남편이 도와주지 않고 인정해 주지 않는다고 혼자 서운해했던 적이 많았다.

나는 슬슬 남편에게 미안한 마음이 생겼다. 착하게 열심히 사는 것은 당연한 이치인데, 그것을 인정받고 싶어 하고 목말라한 것이 나를 옥죄는 쇠사슬이 되었음을 깨달았다. 그 쇠사슬을 남편이 씌운 것이라 생각한 것은 나의 우둔함이었다. 물론 지금도 나는 인정 욕구에서 완전히 자유롭지 않다. 인정받거나 사랑받고 싶은 욕구에서 자유롭기가 참으로 힘들다. 다만 인정받고 싶은 욕심이 나를 다그치고 소진시키고 그 탓을 남편에게 하는 일은 많이 줄었다.

아버지가 혹독하게 발음을 가르쳐 주신 덕분에 어쩌면 지금 방송을 하며 정확한 발음을 구사하는지도 모르겠다. 부모의 채찍질이 아이를 성장시킬 수 있다. 하지만 나는 좀 다른 방식으로 우리 아이들을 키우고 싶다. 인정에 목말라하는 아이들보다는 조금 덜 성장하더라도 행복을 만끽하는 아이들로 키우고 싶다. 인정 욕구에서 자유로워질수록 삶에 행복이 스며 들어오기에….

기꺼이
악질 변호사가 되리라

이혼 변호사에게 적당한 타협은 없다.
그 순간에는 평화로운 해결일지 모르지만,
현실로 돌아와서는 약자로 남아 힘겹게 살아가야 한다.

      MBC 라디오 '여성시대'에서 편지 상담을 맡아 온 지 몇 해가 지났다. 청취자들이 보내 온 편지를 읽고 그분들의 사연에 나의 생각과 조언을 전해 드리는 시간은 참으로 값지고 내 마음을 기쁘게 한다. 그러다가 법정에 서서 의뢰인의 변호를 하고, 또 법률 상담을 받으러 온 분들의 이야기를 듣는 일들을 하다 보면 나의 마음은 또 전투적으로 변한다. 아무래도 변호사는 의뢰인의 입장에 서서 전적으로 의뢰인 편을 들며 반대편에게 날카로운 칼날을 들이대야 하는 역할이기 때문이다. 그래서 어느 때에는 온화한 미소를 지으며 천사 같은 마음이고, 어느 때에는 저돌적이고 공격적이고 거센 마음을 품는다.

특히 이혼 변호사는 가사사건을 주로 다루는데, 어느 한쪽이 명백한 잘못을 저지르는 경우는 거의 없다. 양쪽 모두 잘못과 실수가 있지만, 어느 쪽이 더 잘못이 큰가를 판가름하는 것이 이혼 재판이다. 그러나 어느 한쪽이 결정적인 잘못을 했음에도 불구하고 전혀 반성하지 않은 채 적반하장의 태도를 취하는 이들도 있다. 자신의 잘못된 행위는 상대방이 원인 제공을 하여 그러한 것이라고 뻔뻔하게 핑계를 댄다.

상습적인 폭행을 일삼는 남편 때문에 나를 찾아온 의뢰인이 있었다. 연애할 때부터 남편은 늘 술을 마시고 분노를 억제하지 못해 폭력을 행사했다고 한다. 심지어 아내의 지인을 마음에 안 든다고 때린 것에 너무 놀라 더 이상 만나지 않으려 했는데, 남편은 계속 그녀를 찾아와 잘못했다고 빌며 기회를 달라고 했다. 마음이 약해진 그녀는 다시 그를 받아들였고, 결혼에 골인했다. 그러나 그의 술버릇은 변함이 없었다. 매일 술을 마시고 그녀를 괴롭히고, 폭력을 가하기 시작했다. 더 이상 참을 수 없었던 아내는 끝내 이혼을 결심하고 나를 찾아온 것이다.

이혼 소송에 들어가자 남편은 아내가 자신을 용서하려 했는데, 변호사인 내가 이혼을 부추긴 거라고 소리를 질렀다. 나를 악질 변호사라고 하면서, 소송을 걸어 오기도 했다. 어느 순간 자신의 잘못은 없고, 맞을 짓을 한 아내와 그녀로 하여금 이혼 소송을 하게 한 내가 자기 인생을 망치려 든다고 끝까지 원망하며 공격했다.

　　당시 나는 임신 상태였는데 극심한 스트레스로 유산까지 하는 아픔을 겪었다. 그 시간을 버텨 내는 게 참 많이 힘들었다. '정말 내가 의도적으로 이혼을 부추겼나? 다시 잘살 수 있었는데, 저 부부를 내가 갈라서게 하는 걸까?' 밤마다 생각하고 또 생각했다. 하지만 사람은 변하지 않는다. 이 고비만 넘기면, 그 남편은 다시 아내를 자기 감정대로 폭행하고 함부로 대할 것이다. 나는 그런 확신으로 내 의뢰인을 지키기 위해 마음을 다졌다. 법정에 들어설 때마다 "흔들려선 안 돼!" 하고 주먹을 불끈 쥐었다.

　　변호사라는 것이 한쪽에게는 아군이지만, 다른 쪽에게는 적군이다. 그래서 온갖 모함과 미움을 받을 수밖에 없다. 한번은 남편이 바람을 피워 아내가 위자료를 청구하는 일을 맡았는데, 남편 측은 끝까지 성공 보수가 탐나서 이혼을 부추기는 악질 변호사라고 나를 몰아세웠다. 나는 그냥 웃어 넘겼다. 내 의뢰인의 권리를 지키기 위해 진흙탕에라도 뛰어들겠다는 각오로 온갖 비수 같은 말들을 다 받아냈다. 약해지기는커녕 더 강하게 공격을 가했다. 의뢰인이 마음이 약해져 남편 측 요구를 들어주려고 하면, 나는 의뢰인을 붙들고 설득하며 자기 권리를 지키는 것이 중요함을 설명하기도 했다.

이혼 변호사에게 적당한 타협은 없다. 그 순간에는 평화로운 해결로 보일지 모르지만, 결국 현실로 돌아와서는 약자는 약자로 남아 힘겹게 살아가야 한다. 그래서 나는 저들이 원하는 대로 악질 변호사가 되기를 주저하지 않는다. 손해배상이나 재산분할 금액을 끝까지 받아내려 한다. 그저 잘잘못을 가려 억울함을 풀어 주는 것으로는 내 의뢰인의 현실적인 삶에 보탬이 안 되기 때문이다.

나도 간혹 평화로운 해결과 타협을 할까 하는 유혹에 빠질 때가 있다. 조금씩만 양보하면 되는데, 이렇게 독하게 끝까지 가야 할까, 하는 회의가 들기도 한다. 하지만 백 번을 생각해도 그것은 내 의뢰인을 위한 일이 아니라는 결론에 도달한다. 판결문으로 상대방의 잘못을 확인하는 것도 중요하지만, 자신이 겪은 고통에 대한 위로금을 받는 것도 중요하기 때문이다.

상대방에게 실컷 욕을 들어먹으며 악질 변호사가 되어도 상관없다. 내 의뢰인이 나를 믿어 주고, 나를 천사 변호사로 봐 주면 그것으로 족하다. 모든 일이 주관적이고 입장에 따라 다르게 받아들이니, 나는 모든 이들에게 천사 변호사일 수는 없다. 내 의뢰인을 위해 덕업을 쌓는 순간, 상대방에게는 그것이 악업이 되는 것이니 말이다. 변호사, 특히 이혼 변호사의 숙명이 이런 것이라면, 나는 이미 그 숙명을 이해하고 받아들였다. 내 의뢰인의 가슴속 응어리를 풀어 주는 일이라면, 오늘도 나는 악질 변호사역을 기꺼이 감당하리라.

사랑하면 달달하고, 이별하면 쓰디쓰다.

첫맛은 달콤하면서 끝맛은 쌉싸름한 초콜릿처럼.

2부

달콤 쌉싸름한
사랑과 이별의 맛

익숙해짐과
이별 사이에서

사람은 수많은 오해와 분노와 배신으로 고통스러워한다.
그 고통을 풀어 주고 매듭 지어 주는 것이 내 일이다.

　　예전에 KBS '즐거운 책읽기'라는 프로그램에 패널
로 출연한 적이 있었다. 프로그램 중 '명사의 서재'라는 코
너에 초대받은 동국대 교수님이 《어린 왕자》를 소개해 주
신 덕분에 이 책을 다시 접하게 되었다. 어른이 되어 다시
읽으니 처음 읽는 책처럼 새롭게 다가왔다.

　　어린 왕자는 소행성 B612에서 왔다. 아마 철새들을
따라 자기 별을 빠져나왔을 것이다. 어린 왕자가 별을 떠나
던 날 풍경이 눈앞에 그려진다. 어린 왕자는 떠나기 전에
별을 깨끗이 정돈했다. 불을 뿜는 화산들도 정성스레 잘 쑤
셔 놓았다. 언제 어떻게 될지 모르니까. 어린 왕자는 서글
픈 마음으로 마지막 바오밥나무 싹들도 뽑아 주었다. 다시

는 돌아오지 못하리라는 생각이 들었던 것이다. 마지막으로 장미꽃에 물을 주고 둥근 덮개를 씌워 주려는 순간 울음이 터져나올 것만 같았다.

떠나려는 그에게 장미꽃이 말했다. "내가 어리석었어. 용서해 줘. 부디 행복해지길 바라." 어린 왕자는 장미꽃이 갑자기 왜 조용하고 온순해졌는지 이해할 수 없었다. 다시 장미꽃이 말했다. "그래, 난 너를 사랑해. 넌 도무지 그걸 눈치채지 못하더라. 내 탓이지 뭐. 아무래도 좋아. 하지만 너도 나만큼이나 어리석었어. 부디 행복해…." 그리고 천진난만하게 다음 말을 이어 나갔다. "그렇게 우물거리고 있지 마. 짜증 나. 떠나기로 했으면 어서 가." 장미꽃은 자신이 우는 모습을 어린 왕자에게 보이고 싶지 않았다. 너무나도 자존심 강한 꽃이었으니까….

어렸을 적 이 책을 읽으면서 어린 왕자가 왜 별을 떠나게 되었는지, 그리고 왜 다시 돌아갔는지에 대해서는 생각하지 못했다. 보아뱀, 여우, 어린 왕자에 대한 이미지 조각만 남아 있고, '길들여지는 것'에 대한 막연한 생각만 맴돌았다. 그래서 어린 왕자의 이야기가 한 편의 아름답고 슬픈 로맨스를 담고 있음을 발견하고 깜짝 놀랐다. 그것도 매우 현실적인 로맨스를 말이다.

처음 자신이 두고 온 장미꽃과 똑같은 수많은 꽃이 존재한다는 사실을 발견한 어린 왕자는 놀라고 분한 감정에 휩싸였다. 그토록 특별하게 굴던 자신의 꽃에게 속았다고 느낀 것이다. 다행히 어린 왕자는 여우를 통해 서로 길들여진다는 것이 얼마나 소중하고 기쁜 일인지를 깨닫는 행운을 얻는다.

여우가 알려 준 비밀은 이러했다. "오직 마음으로 보아야 잘 보인다는 거야. 가장 중요한 건 눈에 보이지 않아." "네 장미꽃이 그토록 소중하게 된 것은 네가 네 장미꽃을 위해서 들인 시간 때문이야."

어린 왕자가 소행성 B612에 남겨두고 온 장미꽃은 자신이 물을 주고 덮개를 덮어 주고 보살펴 준, 이 세상에 단 하나밖에 없는 특별한 꽃이었다. 그걸 깨달은 어린 왕자는 서둘러 별로 돌아가야겠다고 생각한다.

이제 보니 어린 왕자의 이별이 그리 슬픈 일은 아닌 것 같다. 오히려 어린 왕자와 장미꽃에게는 축복이 되는 이별이었다. 우리는 누군가에게는 장미꽃과 같고, 누군가에게는 어린 왕자와 같다. 장미꽃과 같이 못되고 까다롭고 거짓말을 하며 상처를 주기도 한다. 또 어린 왕자처럼 상처를 받고, 배신을 당해 슬픔과 분노를 안은 채 그 곁을 떠나기도 한다. 그러나 한 발짝 떨어져 생각하면 관계가 다르게 보인다. 보이지 않았던 진심이 보이고, 후회를 하고, 존재의 소중함을 깨닫는다.

내가 하는 일도 그렇다. 사람들은 수많은 오해와 분노와 배신으로 고통스러워한다. 그 고통을 풀어 주고 매듭지어 주는 것이 내 일이다. 하지만 서로에게 공 들인 시간과 정성을 떠올리고 딱 하나밖에 없는 존재였다는 사실에 의뢰인의 마음이 풀어지는 모습을 볼 때가 있다. 그런 모습을 보면 나도 모르게 행복해진다. 그 행복을 맛보기 위해 어린 왕자가 만난 여우 같은 존재가 되어 보려 한다면 너무 큰 욕심일까?

책을 덮고, 자고 있는 남편을 흔들어 깨우며 어린 왕자가 그토록 소중하게 여긴 "꽃"과 같은 존재가 되고 싶다고 했다. 한밤중 뜬금없는 내 말에 남편은 대꾸를 하는 둥마는 둥했다. 나는 혼자서 또 질문을 떠올린다.

어린 왕자는 자기 별로 잘 돌아갔을까?
장미꽃은 돌아온 어린 왕자를 반갑게 맞아 주었을까?
어린 왕자가 다시는 그 별을 떠나지 않았을까?

나의 질문에 누가 확신에 차서 답해 주겠는가. 아무도 결론은 모른다. 하지만 어린 왕자의 고백을 보면 조금은 예측할 수 있다.

> "나는 그때 아무것도 이해할 줄 몰랐던 거야! 그 꽃이 하는 말이 아니라 행동을 보고 판단했어야 하는 건데 말이야. 그 꽃은 내게 향기를 뿜어 주고 마음도 환하게 해주었어. 절대로 도망을 쳐버리지는 말았어야 하는 건데! 그 꽃의 대단치 않은 심술 뒤에 애정이 숨어 있는 걸 눈치챘어야 하는 건데 그랬어. 꽃들은 앞뒤가 어긋나는 말을 너무나 잘 하니까! 하지만 난 너무 어려서 꽃을 사랑할 줄 몰랐던 거야."

장미꽃이 어린 왕자를 받아 주고, 자신의 마음을 보여 주길 바란다. 그리고 어린 왕자는 장미꽃이 하는 말이 아니라 행동을 보고 그 마음을 판단해 주길 바란다. 그래서 그 안에 숨겨진 사랑을 찾을 수 있기를….

남자와 여자,
그리고 결혼

손해를 감수하고 갈등을 겪는 과정에서 생기는
사랑은 힘든 세상을 견디는 힘을 준다.

　　최근 어느 종편 토크 프로그램에 출연한 적이 있었
다. 몇몇 패널들이 나왔는데, 생각지도 못한 데서 논쟁이
붙어 서로 조금만 더 이야기하겠다고 난리가 났다. 중간에
서 사회자가 분위기를 안정시키려 해도 좀처럼 가라앉지가
않았다.

　　격한 논쟁이 붙은 사연은 이러했다. 여자 출연자 한
분이 40여 년 전 결혼했는데, 시댁 식구들로부터 인정을 받
지 못해 십여 년 동안 독한 시집살이를 했다는 것이다. 자
신은 이에 굴하지 않고 며느리로서 최선을 다했고, 시누이
가 시집 갈 때 빚까지 내어 혼수를 장만해 주었다고 한다.
그제야 시누이로부터 신혼 집들이에 초대받았고 "언니, 고

마워요!"라는 소리를 듣게 되었다는 것이다. 그 말에 서러웠던 지난 세월이 보상받은 듯했고, 감격에 겨워 스스로를 칭찬해 주었다고 이야기를 마무리 지었다.

이야기가 끝나자마자 모두가 감동의 박수를 칠 줄 알았는데, 오히려 젊은 정신과 의사 선생님이 "왜 그렇게 사셨습니까? 정말 이해가 안 됩니다. 왜 꼭 며느리는 시댁에 인정받아야 합니까?"라는 질문을 던졌고, 이 질문에 패널들이 흥분하면서 의견이 두 갈래로 갈리고, 순식간에 아수라장이 되었다.

이 모든 것이 '결혼'이란 제도가 '가족' 간의 결합에서 '남녀' 간의 결합으로 인식되는 과정이라는 생각이 든다. 나와 다른 환경에서 자라난 사람을 사랑하게 되고, 결혼을 하여 가족으로 받아들이게 되는 것, 거기까지는 좋다. 하지만 일방적으로 여자가 시댁 분위기에 맞추려 노력하고 인정을 받기 위해 애쓰는 것은 한쪽에만 희생을 강요하는 것일 수 있다. 수십 년간 노력했지만, 결국 '나'라는 존재는 사라지고 허무한 생각이 들어 불행감을 느끼게 된다. 그렇게 한 사람에게만 무거운 짐을 지우면 부부로 맺어진 두 사람이 진정한 행복을 맛볼 수 있을까?

이런 질문에 대한 시대의 답이 패널들의 열띤 토론

가운데 들어 있었다. 부부 두 사람의 관계가 동등한 인격으로 바로 서지 못해 엉뚱한 곳을 헤매고 있는 현실을 반성하는 과정이라는 생각이 들었다.

　　이제 우리는 결혼이 선택인 시대를 살고 있다. 그래서 행복하지 않은 상태를 혼자서 인내하며 견뎌 내야 할 이유가 없다. 과연 몇 십 년 동안 겪은 시집살이와 그로 인한 스트레스를 시누이의 "고맙다"는 한마디에 말끔히 날려 버릴 수 있을까? 그것이 가능할까? 한꺼번에 보상받은 것 같은 기분이 들 수도 있겠지만, 혼수비를 마련하기 위해 진 빚은 또 어쩔 것인가. 누군가의 일방적인 희생에 의한 행복은 오래 가지 못한다. 고마움은 잠시일 뿐, 이진처럼 시집살이의 악몽은 되살아날지 모른다. 여전히 현실에서 고부갈등 혹은 장서갈등이 불거져 결혼생활이 방해를 받으면 더 이상 부부 두 사람의 문제가 아닌 집안 간의 싸움으로 번져 끝내 이혼에 이르게 된다. 그런 경우를 많이 봐 왔다.

　　일단 집안끼리의 갈등으로 이혼을 고민하는 분들이 찾아오면 "왜 사랑하는 두 사람이 만든 가정을 다른 사람이 방해하도록 내버려 두시나요? 정말 그 이유 때문에 가정을 깨려 하십니까? 나중에 자녀들을 떳떳하게 볼 수 있겠습니까?"라고 묻는다. 그리고 오롯이 아내로서, 남편으로서 서로에게만 집중하고, 나아가 아이를 지킬 수 있는 해결책을 찾아보자고 제안한다. 그래도 도저히 안 된다면 이혼을 해야겠지만, 지금 당장 이혼이 최선은 아니라고 조언을 해드린다.

　물론 이것은 쉽지 않은 일이다. 각자의 가족과 연을 끊고 살 수도 없고, 양가 어르신들의 관심과 간섭을 뿌리치기도 힘들다. 그래서 더 더욱 조바심을 내서는 안 된다. 우선 부부가 함께 같은 방향을 바라보고 자신의 아이를 위해 노력하자는 원칙에 동의해야 한다. 부부와 아이, 거기까지가 가족이라고 생각하는 것이다. 한 단위의 핵가족에 집중하는 시간이 필요하다. 그러다 보면 서로의 입장을 이해하고 격려하게 된다. 고마움이 생기고, 기다려 주는 마음의 여유도 가질 수 있다.

　우리 부부도 이 과정을 지내는 동안 갈등이 많았다. 아이들을 손수 키워 주는 장모를 오히려 부담스러워하고 어려워하는 남편 때문에 서운하고 서러워 참 많이 싸웠다. 아내가 예쁘면 처가 말뚝에 대고 절을 한다는데, 장모를 멀리하는 것이 나에 대한 사랑이 식어서 그런 건 아닌가 의심하게 되고, 그 의심과 서운함이 점점 눈덩이처럼 불어나 남편이 한없이 미웠다.

하지만 나는 아이들 때문에 헤어질 수 없어 그런 남편을 있는 그대로 받아들여야 했다. 나는 다른 남자가 아닌 이 남자와 결혼한 것이고, 그것은 내가 한 선택이었다. 뉘 집 남편은 장인, 장모에게 싹싹하고, 빈말이라도 예쁨받는 말을 느물느물 잘한다는데, 왜 우리 남편은 그러지를 못하나, 하는 원망은 소용없는 일이었다.

내 마음 안의 싸움을 멈출 길이 없었던 어느 날 문득 남편이 잘 못하는 것에 매달리지 말고, 잘하는 것을 떠올려 보자는 생각이 들었다. 남편은 어떤 일에든 일관성이 있었다. 그러므로 나에 대한 사랑, 장인어른과 장모님에 대한 존경은 마음속에 있으리라, 그 마음이 변하지 않았으리라 믿어 버리니 한결 마음이 편했다. 다행히 우리 부모님도 남편의 진심과 진중함을 믿고 살라고 나를 다독이시며 자신들은 우리 둘만 잘살면 된다고 하셨다.

나는 그날 이후 친정에 살갑게 하는 다른 집 남편을 막연하게 부러워하지 않기로 했다. 친정 부모님은 내 부모님이니 내가 알아서 잘 챙기자고 결심했다. 괜히 나의 책임과 도리를 남편에게 전가시키지 않기로 한 것이다. 그때 남편을 이해하고, 포기할 것은 포기한 것에 대해 지금도 나는 후회하지 않는다. 남편도 나의 속마음을 뒤늦게 알고 미안하고 고마웠는지 이제는 나 몰래 장인 장모에게 선물로 김치를 보내거나 홍어를 좋아하는 장인을 위해 때마다 홍어를 보내기도 한다.

결혼이 곧 행복을 주지는 않는다. 결혼은 오히려 손해를 감수해야 하는 것이고, 갈등을 겪는 고통의 시작이다. 하지만 그 손해를 감수하고 갈등을 겪는 과정에서 생기는 고마움과 미안함, 사랑은 힘든 세상을 견디는 힘을 준다. 그것이 행복에 이르는 묘약이 된다.

진짜 사랑,
진짜 행복

사랑하는 사람이 멈추면 좋겠다고 말할 때
멈출 수 있는 것이 진짜 사랑이다.

우리 부부는 아이가 셋이다 보니 아이들이 한창 어릴 때에는 영화관을 찾아 여유 있게 영화 한 편 보는 건 꿈도 꿀 수 없었다. 그런데 아이들이 제법 크고 독립심과 판단력이 생길 무렵 문화생활에 대한 갈급함이 턱까지 차 아이들을 재워 놓고 심야영화를 보러 가는 모험을 감행했다. 그 순간 육아로 고생한 시간들이 주마등처럼 스쳐 지나가면서 눈물이 왈칵 솟구쳤다.

사실 둘이 영화를 보러 가는 것만으로도 감지덕지인데, 안타깝게도 나와 남편은 좋아하는 영화 장르가 다르다. 남편은 무조건 액션영화를 선택하기 때문에 내가 보고 싶은 로맨스나 드라마 류의 영화는 볼 수가 없다. 엄청 흥행

했던 <라라랜드>를 보고 싶다고 했을 때도 남편은 단칼에
거절했다.

이런 일들이 자꾸만 빈번해지다 보니, 혼밥(혼자 밥
먹기)이나 혼영(혼자 영화 보기)은 엄두조차 못 내는 내가 혼
영을 하고 싶다는 생각이 간절히 들었다. 혼영에 대한 도
전은 얼마 안 있어 가능해졌다. 마침 재판이 없는 날이었
다. 나는 하루 업무를 과감히 접고 영화관을 찾았다. 그리
고 <라라랜드> 영화표 한 장을 끊었다. 남편에게 보란 듯
이 "나 오늘 혼영했다! 혼자 라라랜드 봤어."라고 자랑하
고 싶은 마음도 있었다. 게다가 대낮에 혼자 영화관을 찾
으니 소소한 일탈이지만 마음이 설레고 들떴다.

영화 <라라랜드>의 배경은 LA였다. 그곳에서 배우
지망생 미아(엠마 스톤)와 재즈 피아니스트인 세바스찬(라이
언 고슬링)이 만나고, 두 사람은 서로의 꿈을 나누며 사랑에
빠진다. 미아는 매번 배우 오디션에 낙방하지만 계속 도전
하는 열정적인 여성이었고, 세바스찬은 정통 재즈로 자신
만의 클럽을 만들겠다는 꿈을 포기하지 않는 청년이었다.
둘을 연결하는 키워드는 꿈이었다. 둘은 서로의 꿈을 응원
하고 조언했다. 미아는 자신만의 클럽을 만들고 싶어 하는
세바스찬을 응원하고, 세바스찬은 연기도 좋지만 오히려

미아가 잘하는 연극 대본을 써 보라고 미아에게 제안한다.

그런데 두 사람의 사랑은 '현실'이라는 커다란 벽 앞에서 흔들리게 된다. 세바스찬은 자신만의 클럽을 만들기 위해 돈이 필요하기도 하지만, 무엇보다 미아에게 능력 있는 남자친구가 되고 싶어 현실과 타협한다. 정통 재즈가 아닌 대중이 원하는 음악 스타일을 추구하는 존 레전드와 손을 잡은 것이다. 변해 버린 그를 다그치는 미아에게 세바스찬이 묻는다. "백수인 내가 더 좋았니? 어른이 되려면 꿈과 타협해야 하는 거야."

세바스찬이 성공 가도를 달리면서 두 사람의 사랑에 금이 가기 시작했다. 그가 전국 투어를 다니느라 바쁠 동안 미아는 제자리에서 맴돌았다. 미아가 오디션을 포기하고 자신이 창작한 일인극을 극장에 내걸었지만 객석은 썰렁했고, 자신을 응원해 주던 세바스찬까지 화보 촬영으로 오지 못하자 끝내 미아는 이별을 선언하고 만다.

그렇게 두 사람은 각자의 삶을 살게 되고, 몇 년 뒤 세바스찬의 꿈이었던 재즈 클럽에서 재회하게 된다. 미아가 우연히 들른 곳이 세바스찬의 클럽이었던 것이다. 세바스찬은 그곳에서 미아를 기다리고 있었던 것이 아닐까? 하지만 이제 미아의 곁에는 사랑하는 남편이 있다.

이야기의 소재는 특별할 것 없다. 젊은 시절의 사랑, 성공, 이별, 그리고 재회…. 우리는 처음엔 사랑으로 시작했으나 행복하기 위해 일하고 성공을 거머쥐면 더 행복해질 거라 믿는다. 하지만 성공 가도를 달리는 순간, 이전의 풋풋하고 순수한 사랑은 상처를 입고, 남겨진 사랑은 아파한다. 그리고 그 사랑도 끝내 다른 곳으로 떠난다.

얼마 전 아들이 내게 물었다. "엄마는 행복의 기준이 뭐예요?" 나는 그 질문에 당황하지 않고, 나의 행복에 대해 자신 있게 이야기했다. "응, 아들! 엄마는 무엇에 도전하고 이루는 것을 좋아해. 최고가 되는 것보다 도전하는 것이 엄마에게는 의미가 있고 그것으로 행복하단다. 어떤 때는 최고가 되기도 하고, 아닐 때도 있지만, 1등보다는 2등, 3등이 좋아. 계속 노력할 수 있잖아. 엄마는 그 몰입하는 과정이 참 행복해. 그런데 그것이 아빠와 너희 세 남매랑 같이 있을 때 느끼는 행복을 못 느끼게 한다면, 곧 우울해지더라고. 그래서 멈출 수 있어. 엄마는 그 사이를 왔다 갔다 할 거야."

꿈과 성공을 이루고 돌아서니 사랑하는 사람이 떠난 상황은 내가 원하는 것이 아니다. 난 덜 이루더라도, 더디 가더라도 사랑하는 사람과 같이 가는 것이 좋다. 더 중요한 것은 사랑하는 사람에게 "너를 위해서 이렇게 하는 거야."
라고 말해서는 안 된다는 것이다. 사랑하는 사람에게 물어
봐야 한다. "당신도 그것을 원하나요?" "여전히 당신도 원
하나요?" 그래서 사랑하는 사람이 멈추면 좋겠다고 말할
때 멈출 수 있는 것이 진짜 사랑이다. "너와 함께가 아니라
면 아니 가는 것만 못하다."라고 말하는 것이 진짜 사랑이
다. 사랑은 함께함이고 나누는 것이다.

연애와 결혼의
온도차

완벽한 연인, 완벽한 사랑, 완벽한 운명은 모두 허구이다.
똑같은 시간을 가리키던 그들의 시계는
각자 제 갈 길을 달려간다.

　　사는 데 가장 중요한 것은 무엇일까? 사람마다 다르
겠지만, 사랑과 이별 없이는 삶이 즐겁지 않을 것 같다.《그
림, 눈물을 닦다》(추수밭, 2012)라는 책을 읽었다. 이 책은
심리학을 공부하다 그림의 매력에 빠져 미술사와 젠더학을
공부한 조이한 작가가 쓴 책이다. 심리학을 공부해서 그런
지 그림을 설명하고 인생을 설명하는 문장마다 마음에 와
닿았다.

　　그가 소개하는 작품 중에 똑같은 시간에 멈춰 있는
동그란 벽시계가 나란히 벽에 걸려 있는 작품이 있다. 쿠바
출신의 펠릭스 곤잘레스-토레스Félix González-Torres라는 작가의
작품인데, 시침과 분침은 물론 초침까지 정확히 똑같은 시

계이다. 이 작가는 강의 시간에 학생들에게 이 작품을 보여주며 제목을 맞혀 보라고 한단다. 그러면 학생들은 "쌍둥이", "2시 43분", "낮과 밤" 등 다양한 제목들을 이야기한다고 한다.

과연 이 작품의 제목은 무엇일까? 작품의 제목은 '완벽한 연인들Perfect lovers'이다. 펠릭스 곤잘레스-토레스가 이 작품을 통해 무엇을 말하고 싶어 했는지에 대해 조이한 작가도 다각도로 생각해 보았다고 한다. 한시도 떨어져 있고 싶지 않은 열정에 들뜬 연인, 사랑하는 이와 함께 같은 시간을 살고 싶다는 열망, 내가 보고 있는 아름다운 경치를 당신도 같이 보고 감동하면 좋겠다는 생각, 당신의 슬픔과 기쁨을 똑같이 나누고 싶은 마음 등 다양한 추측들이 던져졌다.

조이한 작가와 마찬가지로 이 작품은 오랫동안 나를 붙잡고 놓아 주지 않았다. '그래, 사랑을 하면 꼭 붙어 있고 같이 있고 싶지. 헤어지기 싫고, 헤어지고도 또 전화하고 싶지.' 하며 처음 사랑의 상태를 떠올렸다. 그러다가도 이 '완벽한 연인들'이라는 작품에서 완벽이라는 것이 강박처럼 느껴졌다. 마치 작가가 "이것 봐. 이렇게 완벽한 연인들이란 숨 막히고 힘든 거야."라고 말하는 것 같았다. 공장에서 만들어지고 조립된 차가운 두 시계가 움직이기 시작하고, 처음엔 똑같은 속도로 움직였지만, 점차 시간이 지나면서 벌어지는 차이를 만들어 낸다. 어쩌면 완벽한 시간의 공유란 얼마 안 될지 모른다.

우리가 꿈꾸는 사랑이나 결혼은 환상에 지나지 않는다. 결혼생활을 하면서 그것을 실감하면서도 배우자를 향한 바람은 너무나 이상적이다. 자신의 배우자가 완벽해지기를 바라고, 그러지 못할 때 불만을 표시한다.

언젠가 두 아이를 가진 한 여인을 상담한 적이 있다. 그녀는 주위 친지의 소개로 지금의 남편을 만나게 되었고, 만나자마자 사랑에 빠져 결혼을 했다. 사랑에 대한 확신은 확고했고, 오랫동안 기다려 온 운명이라고 믿었다. 그래서 혼전임신을 하고 결혼을 서둘렀다. 완벽한 연인, 부부가 될 수 있을 거라 생각했다. 그 생각대로라면 그들은 오래오래 행복하게 살아야 했다.

그러나 그들의 사랑은 신혼여행을 다녀오면서부터 삐거덕거리기 시작했다. 아내는 시어머니에게 너무나 순종적인 남편이 낯설게 다가왔고, 거부감이 느껴졌다. 그래서 남편에게 처음 사랑처럼 자신을 운명의 상대로 생각한다면 자신과 시어머니 가운데 한 사람을 택하라고 했다. 반대로 남편은 사랑에 빠진 그 시절, 자신에게 고분고분하고 순종

적이었던 여자의 모습을 보여 달라고 강요했다. 이 문제로 5년을 넘게 싸웠다.

울면서 우울증을 호소하는 여인을 바라보며, 사라져 버린 그들의 사랑을 안타까워했다. 두 아이는 또 얼마나 고통받을 것인가. 이 부부는 이 문제 말고는 아무런 문제가 없었다. 남편이 외도를 하는 것도 아니었고, 아내가 심각한 고부갈등으로 피폐해진 것도 아니었다. 하지만 서로가 완벽한 사랑이라고 믿는 그 이상적인 상태를 강요하다가 지금에 이른 것이다.

서로 팽팽하게 자신의 요구를 철회하지 않고 고집하면 싸움은 끝나지 않는다. 아내에게 자신의 어머니를 무조건 따르라고 하는 남편의 강요는 가혹하다. 남편은 아내의 입장을 생각하고, 시댁 문화에 적응하느라 힘든 아내를 다독이고, 그녀의 편을 들어주어야 한다. 아내는 또 어떠한가? 남편이 시어머니와 살아온 세월이 더 길기에, 그 관계를 완전히 끊고 전혀 새로운 사람이 되기는 힘들다. 남편이 온전히 아내에게 집중하고, 흔들리지 않으려면 시간이 필요하다.

사람들은 사랑을 하거나 결혼을 하게 되면 '사랑과 결혼은 당연히 이래야 한다.'는 환상에 빠져 상대방에게 그것을 기대하고, 그것이 부족한 사람은 사랑이 없다고 스스로 판단하고 슬퍼하다가 결국 미워한다.

완벽한 연인, 완벽한 사랑, 완벽한 운명. 이 모두는 허구이다. 찰나의 느낌일 뿐이다. 잠시 똑같았던 그들의 시계는 만나자마자 각자 제 갈 길을 달려간다. 사랑하는 연인 사이에서 결혼한 부부의 관계로 넘어가면 시계 바늘이 움직이는 속도가 달라지는 것이다. 이미 다른 시간을 달리고 있는데, 나와 같은 시간을 가자고 우기면 안 된다. 이 세상의 연인들은 그 사실을 받아들여야 한다.

사슴이 사슴으로
살 수 있도록

내가 지지 않으려는 이유는
나를 믿고 따라 주는 의뢰인들 때문이다.
나의 신뢰를 쌓기 위해 한 사건 한 사건 과감히 승부를 건다.

　　법원을 드나들며 소송을 진행하다 보면 같은 편으로
서 힘을 합쳐도 모자랄 판에 나의 의뢰인이 나를 못 믿거나
의심할 때가 있다. 그러면 정말 힘이 빠진다.

　　남편의 폭행을 참지 못하고 이혼을 결심한 한 여인
이 있었다. 그녀의 첫인상은 순진하고 여린 사슴 같았다.
겁에 질린 커다란 눈망울로 눈물을 뚝뚝 흘리며 자신의 사
연을 쏟아놓는데, 안쓰럽기 그지없었다. 그녀는 폭행을 당
한 피해자 입장이면서 아이의 양육권까지 빼앗긴 채 망연
자실한 상태였다. 제발 살려 달라고, 꼭 좀 도와 달라고 하
소연을 하는 그녀의 목소리에 나는 두 주먹을 불끈 쥐었다.
그녀가 증거물로 내민 사진 속 그녀의 모습은 처참하기 이

를 데 없었다. 무슨 잘못을 했다고 이렇게도 마르고 여리여리한 아내를 무지막지하게 때릴 수 있단 말인가!

그녀가 다녀간 후 나는 유아인도가처분 신청과 접근금지 신청, 이혼 소장을 단숨에 접수했다. 원래는 가정폭력으로 남편을 고소할 것까지 권했으나 아내는 차마 아이의 아버지를 전과자로 만들 수는 없다며 거절했다. 그런데 2주 후 그녀로부터 전화가 왔다. 남편이 용서를 빌고 있으니 소를 취하하겠다는 것이었다. 그녀의 언니까지 나서서 말렸지만, 그녀의 마음은 이미 정해져 있었다. 나는 그녀의 의견을 존중해 소를 취하하였다. 다시는 폭행이 일어나지 않기를 바라면서.

하지만 그로부터 딱 6개월 뒤 그녀가 다시 나를 찾아왔다. 그녀의 얼굴을 본 순간, 또다시 남편의 폭행이 시작되었음을 직감했다. 이것이 우리의 본격적인 전쟁의 서막이었다. 형사사건으로 고소하고 경찰에서 검찰로 법원으로 얼마나 뛰어다녔는지 모른다. 결국 형사사건 판결이 나고 아이를 찾아오고 1심 판결을 받기까지 일 년 반이 걸렸다. 그동안 그녀는 너무 달라져 버렸다. 사슴 같던 모습은 온 데 간 데 없고, 항상 공격만 받다 보니 엄청 날카로워져서 마치 하이에나처럼 발톱과 이빨을 드러내었다. 뻔뻔한 남편은 엄연히 증거가 있음에도 불구하고 폭행을 부인했고, 그녀는 오히려 정신병자로 몰려 억울함이 더해 갔다.

판사에 대한 불만을 쏟아놓던 그녀는 나에게도 적대감을 보였다. 자기 편이 없다고 생각한 것일까? '주중에는 아이와 함께 지낼 수 있다.'는 결정을 받아 냈음에도 그녀는 나를 몰아세우며 항의를 했다. 아이와 지내는 시간이 자기가 생각한 것보다 짧다고 여긴 듯했다. 물에서 건져 주었더니 보따리 내놓으라 한다고, 나는 그녀의 말에 허탈해졌다. 누구보다 그녀를 위해 동분서주 뛰었는데, 나를 믿지 못하고 의심하는 그녀를 보니 이 고생스러운 일을 그만두고 싶은 생각이 치솟았다. 재판에 불리한 행동들을 자제하고, 내 말을 믿고 따라 주면 좋으련만, 이성적이기보다 감정에 치우쳐 행동하는 그녀가 불안해 보였다.

처음 보았던 사슴 같은 그녀의 모습을 떠올리며, 나는 화를 억누르고 말했다. "살면서 억울한 일, 이해 안 되는 일은 많아요. 그래서 그걸 계속 생각하기보다 하루 빨리 지우고 살아야 해요. 아이를 위해서라도 씩씩해져야 하지 않겠어요? 엄마가 즐거워야 아이도 행복할 수 있잖아요." 내 이야기를 들으며 그녀는 마음을 진정하고 받아들이는 듯했다.

드디어 1심 판결이 나던 날, 그녀가 울면서 전화를

했다. 법원이 그녀의 손을 들어 준 것이다. 그녀는 계속 고맙다는 인사를 했다. 나도 오랜만에 안도의 한숨을 내쉬었다. 법원의 공정성이 살아 있다는 생각에 감사했다. 그녀가 다시 예쁜 사슴 같은 엄마로 돌아갈 수 있으리라 생각하니 절로 미소가 지어졌다.

나는 기본적으로 법원을 신뢰하는 입장이다. 간혹 안타까운 1심 판결이 있어도 고등법원, 대법원까지 끝장 승부를 보는 이유는 바로 법원을 신뢰하기 때문이다. 얼마 전에도 상대방이 제기한 항소를 기각한다는 내용으로 항소심 승소 판결을 받았다. 1심에서도 이겼고, 2심도 이긴 것이다. 상대방이 전관변호사를 선임하면서 기세등등 나타날 때 나 같은 전관 경력이 없는 변호사를 선임한 나의 의뢰인은 마음을 졸일 때가 많다. 이런 경우를 맞닥뜨릴 때마다 내가 지지 않으려 하는 이유는 나를 믿고 따라 주는 의뢰인들 때문이다. 나의 신뢰도를 높이고 경력을 쌓기 위해 한 사건 한 사건 과감히 승부를 건다. 그리하여 얻은 승리의 기쁨은 말로 표현하기 힘들다.

법원이 중심을 잡으면 우리의 삶도 원칙을 찾아가게 된다. 그러기에 법원은 절대 흔들려서는 안 되고, 누군가 흔들어서도 안 된다. 지금 내 옆에 있는 사람이 사슴 같은 모습에서 하이에나의 모습으로 변하고 있지는 않은가? 그렇다면 외면하지 말라. 우리는 서로 영향을 미치는 관계 속에 놓여 있기 때문이다. 이웃이 사슴으로 남아 행복할 수 있게끔 지켜 준다면, 그 이웃 또한 내가 좋은 모습으로 살 수 있게끔 도와줄 것이다.

나눠야
같이 오래 산다

신뢰와 배려가 공정하고 건강한 경쟁을 만들고, 그런 경쟁이
시장을 키우고 큰 수요를 창출해 나눠 먹을 파이를 키운다.

중국인의 결집력이나 상술은 오래전부터 유명하다. 전 세계 곳곳에 차이나타운이 형성되고 유지되는 걸 보면 확실히 알 수 있다. 그들의 힘은 어디서 오는 걸까? 그것은 서로 간의 신뢰와 지지일 것이다.

예를 들어 새로운 거리에 조그마한 중국집이 하나 들어선다고 하자. 새 중국집 주인은 가게를 안착시키기 위해 열심히 일한다. 그리고 중국집이 번창해서 돈을 벌게 되면 주인은 주방장에게 돈을 빌려 주면서 독립하라고 제안한다. 그것도 자신의 가게 옆에 새 중국집을 차리라고 말한다. 가게를 연 주방장은 돈을 벌어 성공하고, 이전에 주인한테서 받은 것을 떠올리며 자기 가게의 주방장에게 똑같이

해준다. 이렇게 중국집이 생기고, 그 옆에 또 새로운 중국집이 생기면서 어마어마한 차이나타운이 형성되는 것이다.

주인이 주방장에게 자기 중국집 옆에 같은 업종의 중국집을 차려 준다는 것은 가히 상식을 뒤엎는 일이다. 시장의 수요가 일정한데 공급자만 늘어나면 이익이 줄어들 것이 뻔하기 때문이다. 그런데 중국인들은 상호 신뢰를 바탕으로 서로를 밀어 주면서 시너지 효과를 내는 방법을 터득했다. 신뢰와 배려가 공정하고 건강한 경쟁을 만들고, 그런 경쟁이 시장을 키우고 큰 수요를 창출해 내 서로 나눠 먹을 파이를 키우는 것이다. 서로 밀어 주고 끌어 주는 관계는 비단 차이나타운에만 해당되는 이야기는 아닐 것이다.

변호사로 첫발을 내딛고 첫아이를 낳은 뒤, 근무하던 법률구조공단을 나와 개업을 할 것인지 고민하던 때가 있었다. 검찰로 발령받기 위해 공단에 더 남느냐, 아니면 변호사 개업을 하느냐의 갈림길에서 몹시 갈등이 되었다. 하지만 아이 때문에 검찰 발령을 포기하게 되니 자연스럽게 개업 쪽으로 마음이 기울었다. 문제는 개업에 필요한 자금이었다.

그 즈음 법조계 선배님들이 보증금을 빌려 주셔서 개업할 행운을 얻게 되었다. 아무 보상 없이 후배의 개업을 위해 선뜻 돈을 빌려 주시다니. 나는 그분들의 도움을 죽을 때까지 잊지 않으리라 다짐하며 열심히 일해서 돈을 갚아 나갔다. 보증금은 이미 다 갚았지만, 내가 그때 입은 은혜의 빚은 아직 다 갚지 못했다. 아마도 다른 후배가 독립하기를 원할 때 내가 그를 돕는 것이 비로소 제대로 은혜를 갚는 길이 되지 않을까?

요즘 변호사 수는 늘고 경제는 침체되다 보니 변호사들 사이의 인심도 흉흉해지는 듯하다. 서로가 경쟁자이고 불편한 관계, 이것이 우리의 현실이라면 우리끼리 아웅다웅할 것이 아니라 적극적으로 파이를 키우는 노력을 해야 한다.

옆집에 식당을 차렸을 때 둘 중에 하나는 죽기로 작정하고 음식값 내리기 경쟁을 하다간 둘 다 망한다. 너 죽고 나 죽는 싸움은 서로에게 득이 되지 않는다. 내가 바로 이득이 생기지 않더라도 노력할 동기를 부여해 주거나, 잠시 손해를 입더라도 그로 인해 내가 깨달음을 얻어 건강한 경쟁을 하고 발전을 이룰 수 있다면 감사할 일이 아닌가.

개업 초기에 나는 선배 변호사님들을 찾아다니며 "저 이번 달에 사건이 없습니다. 한 건만 같이 일하게 해주세요." 하고 뻔뻔하게 도움을 요청하기도 하고, "서면 쓴 것

좀 봐 주세요." 하며 선배님들이 귀찮아 할 정도로 쫓아다녔다. 그래도 선배님들 누구 하나 내치거나 무시하지 않고 나의 요청을 받아 주셨다. 그분들의 나눔을 기억하기에 나도 후배들의 멘토 역할을 할 기회가 생기면 흔쾌히 응하고, 나의 노하우를 나누려고 애쓴다.

처음 개업을 하고 의욕만 앞설 때 한 선배 변호사님이 조언해 주신 말씀을 아직도 마음에 새기고 있다.

> "양소영 변호사의 도장이 찍힌 서면을 받았을 때 상대편이 긴장하는, 그런 실력자가 되어야 한다. 양 변호사는 진흙 속에 묻힌 진주. 변호사로서 재능이 있어 보이니, 그 흙에서 나올 수 있도록 끊임없이 노력하는 것이 중요하다."

그렇다. 나는 상대방의 간담을 서늘하게 만드는 그런 변호사가 되기 위해 지금까지 달려왔다. 어떤 큰 법무법인이나 전관 출신 변호사를 만나도 떨지 않는다. 그들이 긴장하는 모습을 보면 쾌감이 느껴지기도 한다.

나는 나처럼 후배들이 맨땅에서 홀로서기를 할 때 조언과 격려를 아끼지 않을 것이다. 그들이 좀 더 편하게 앞으로 나아갈 수 있도록 길을 닦아 주고 열어 주는 선배가 될 것이다. 후배들과 쓸데없는 경쟁을 하기보다는 선배로서 여유를 갖고 새로운 분야를 개척하기 위해 한 발 먼저 내딛는 모험을 할 것이다. 그러면 후배들도 신이 나서 일하지 않을까? 내가 하지 못하는 몫까지 거뜬히 해낼 수 있지 않을까?

차이나타운의 질긴 생명력은 신뢰와 믿음과 배려와 나눔에서 비롯된 것이다. 바꿔 말하면, 나누어야 오래 살아남을 수 있다. 그것만이 함께 살 길이다.

진실을 대하는
우리의 자세

기억에 의존하는 것은 어찌 보면 매우 위험한 일이다. 그러기에
변호사는 중심을 잘 잡고, 최대한 진실을 찾아내야 한다.

하루는 마음먹고 아이들과 영화 <라이프 오브 파이>
를 보게 되었다. 큰 기대를 하지 않았는데, 의외로 영화에 담
긴 메시지가 나의 마음을 울렸다.

영화 이야기를 잠시 하면 이렇다. 인도에서 동물원을
운영하던 '파이'의 가족들은 정부의 지원이 끊기자 캐나다
이민을 준비한다. 파이와 가족은 동물들을 싣고 캐나다로
떠나는 배에 오르는데, 상상치 못한 폭풍우에 화물선은 침
몰하고 가까스로 구명선에 탄 파이만 목숨을 건지게 된다.
구명보트에는 다리를 다친 얼룩말과 굶주린 하이에나, 그리
고 바나나 뭉치를 타고 뛰어든 오랑우탄이 함께 탑승해 긴
장감이 감돈다. 예상했듯이 굶주린 하이에나는 얼룩말과 오

랑우탄을 해치우고 파이에게도 달려든다. 그 순간 보트 아래에 몸을 숨기고 있었던 벵골 호랑이 '리처드 파커'가 나타나 하이에나를 해치운다. 그렇게 벵골 호랑이 리처드 파커와 파이, 둘만의 길고도 아름다운 조난 여행이 시작된다. 죽음과 생을 넘나드는 여행 끝에 멕시코만에 도착하지만 리처드 파커는 말없이 야생의 숲으로 사라진다.

영화는 여기서 끝나지 않는다. 조난사건을 조사하는 보험회사 직원들이 파이를 찾아와 조난하게 된 경위를 묻는다. 파이의 이야기를 들은 그들은 믿을 수 없다며, 진실을 알려 달라고 집요하게 물고 늘어진다. 소년 파이는 '정말 원해?' 하는 표정으로 전혀 새로운 이야기를 들려준다. 그 이야기는 정말 끔찍하다.

폭풍우에 배는 난파되었고 자신과 조리장, 엄마, 배에서 만난 남자 선원 이렇게 네 명이 살아남아 구명보트에 올랐다. 다리를 다친 선원은 상처로 썩어가는 다리를 잘라내야 했다. 몸부림치는 선원을 자신과 엄마가 누르고 조리장이 다리를 잘라내었다. 하지만 선원은 죽음에 이르렀고 그의 시체는 조리장의 식사가 되거나 물고기를 낚기 위한 미끼로 쓰였다. 얼마 지나지 않아 힘이 떨어져 고기잡이에 실패한 파이를 혼내는 조리장에게 덤빈 엄마는 살해를 당하고, 파이는 조리장을 죽이고 만다. 이렇게 홀로 세상에 남겨진 파이는 긴 조난 여행 끝에 신의 도움으로 살아남게 된다. 파이는 이야기를 끝내고 질문을 던진다.

"배는 난파되었고 저만 살아남았죠. 사실은 두 가지 이야기 모두 다르지 않아요. 그렇다면 당신은 동물들과 같이 있었던 이야기와 그렇지 않은 이야기 중 어느 것이 더 맘에 드나요?"

문득 내 의뢰인들도 자신의 이야기를 '판사의 마음에 들도록' 파이처럼 이야기해 주기를 바라는 것은 아닐까란 생각이 든다. 자신이 감당하기 힘든 잔인한 현실을 그대로 전달할 수 없어서 변호사나 판사가 자신을 이해해 주기를 바라며 진실을 포장하려는 것이다.

적극적으로 의뢰인의 입장이 되어 사건을 바라보고 좋은 결과를 내기 위해 매진하는 것이 변호사의 당연한 의무다. 그런데 진실을 왜곡하여 새로운 사실을 만들어 내는 것은 매우 위험한 일이고, 나아가 엉뚱한 피해자를 만들 수 있다. 거짓말은 거짓말을 낳고, 결국 그 거짓말이 또 다른 족쇄가 되어 옴짝달싹할 수 없게 된다. 이러한 유혹에 빠져 증거조작이나 증거인멸을 하는 변호사는 결국 형사처벌을 자초하는 것이다.

한번은 이런 사건이 있었다. 남편의 의처증을 이유로 이혼 소송을 하게 된 아내가 있었다. 그녀는 승소를 앞둔 시점에서 나 몰래 출산을 했다. 남편의 의심과 폭언, 폭행으로 힘들어 하다가 자신을 이해해 주는 사람을 만나게 됐다는 그녀의 이야기와는 달리 남편은 아내의 행실 때문에 의심하고 폭언과 폭행을 하게 된 것이라고 주장했다. 부부가 전혀 다른 이야기를 하고, 기억하는 내용도 달라 진실을 판단하는 것이 정말 어려웠다. 이런 경우는 비일비재하다.

사람이란 모두 자신의 기억을 편집해서 살아간다. 자기에게 유리한 쪽으로 기억하고 변형시키는 것이다. 기억에 의존하는 것은 어찌 보면 매우 위험한 일이다. 그러기에 변호사는 중간에서 중심을 잘 잡고, 최대한 진실을 찾아내야 한다.

법은 늘 이렇게 묻는다. 증거가 있는가? 다른 사람의 입장은 어떠한가? 변호사로 일하면 사람을 쉽게 믿지 않는 버릇이 생길 수밖에 없다. 내 의뢰인들은 늘 나와 이런 작업을 감내한다. 이것이 내가 승률이 높은 이유이다. 되짚어 보고, 돌아보고, 돌다리도 두드리는 것이 나도, 의뢰인도 지지 않을 수 있는 방법이다.

결혼과
혼인신고

사회적 제도나 법적 제도는 그것을 이용하는 사람과
벗어나려는 사람을 구별하여 엄격하게 적용된다.

　　어느 날 고상하게 생긴 한 노부인이 나를 찾아왔다.
그분은 재혼한 분이었는데 30년이라는 세월이 흘렀는데
도 혼인신고가 되어 있지 않은 분이었다. 남편에게는 전처
와의 사이에 자식들이 있었는데, 그녀는 남편의 자식을 정
성껏 키우기 위해 일부러 아이를 갖지 않았다. 심지어 혼인
신고도 자신이 거절했다고 했다. 두 사람은 금실 좋게 지
냈고, 남편의 사업도 잘 풀리면서 여유로운 노년을 보낼 수
있을 정도로 부가 형성되었다.

　　그런데 문제가 발생했다. 그동안 애지중지 키웠던 자
식들이 노부인을 아버지의 재산을 나눠 가질 사람으로만 보
면서, 혼인신고를 절대 못하도록 막은 것이다. 아버지의 상

속인이 되지 못하게 하려는 자식들의 태도를 보면서 노부인은 서운한 마음이 들었고, 그런 마음을 남편에게 이야기하자, 남편은 오히려 자식들 편을 들며 그럴 거면 집에서 나가라고 호통을 쳤다는 것이다.

노부인은 자신의 희생이 물거품이 된 것 같아 망연자실했다. 게다가 재산만 탐하는 이상한 사람으로 취급받으면서 궁지에 몰리게 되었다. 속이 까맣게 타 들어갔을 그녀의 사정 이야기를 들으니 안타까운 마음이 들었다. 자신의 진심이 오해받는 상황에서 오죽 답답했으면 법적 구제 방법을 의논하고자 여기까지 찾아오셨을까.

분명하게 이야기하면 노부인을 구제할 방법의 첫 단계는 혼인신고다. 애초에 혼인신고가 되었다면 자식들이 그런 태도를 취하지는 못했을 것이다. 노부인은 선한 의도로 혼인신고를 거절했지만, 그것이 그녀를 보호해 줄 수 있었던 유일한 방패막이였다. 그때 그 사실을 알았다면, 그녀는 혼인신고를 거절하지 않았을 것이다.

사회적 제도나 법적 제도는 그것을 이용하는 사람과 벗어나려는 사람을 구별하여 엄격하게 적용된다. 그러므로 제도가 한쪽으로 치우쳐서는 안 되고, 사회적 현상을 잘 담아 억울하게 피해를 보는 사람이 없도록 해야 한다.

옛날에는 혼인신고 제도가 허술하여 한 사람이 상대방의 동의 없이 마음대로 혼인신고를 해도 문제가 없었다. 최근 법무부장관 후보로 지명됐던 모 교수가 대학생 시절 여자친구의 도장을 몰래 위조해 허위 혼인신고를 했다는 사실이 드러나 한바탕 떠들썩했었다.

일방적인 허위 혼인신고는 현행법을 위반하는 행위이며, 그냥 젊은 시절 치기로 넘어가기엔 너무나 중차대한 일이다. 혼인신고는 전혀 남이었던 두 사람이 만나 가족이 되게 하는 일이기 때문이다. 그것으로 법적 보호를 받기도 하고, 그것이 없어서 전혀 보호받지 못한 채 모든 것을 빼앗길 수도 있다.

이런 사건이 일어나면서 대법원에서는 혼인신고 시 쌍방이 반드시 출석할 것을 제안하고 있으며, 국회에서는 쌍방이 직접 출석하도록 의무화하는 개정안을 발의하기도 했다. 혼인신고가 엄격해지는 것은 좋으나, 반대로 귀찮고 번거로워서 차일피일 신고를 미루는 일도 발생할 것이다. 앞날이 어떻게 될지 모르니 혼인신고를 미루는 경우도 실제로 허다하다. 특히 재혼의 경우에는 한쪽이 혼인신고를 일부러 미루다가 다툼이 일어나기도 하고, 나를 찾아온 노부인처럼 어느 날 갑자기 버림을 받기도 한다. 그러니 혼인신고의 절차가 까다로워지면 혼인신고를 하지 못한 채 전 전긍긍 살아가야 할 사람이 늘어나게 된다.

우리나라의 사정은 이러한데, 외국은 어떨까? 잠시 눈을 돌려 결혼과 혼인제도에 대해 생각해 보자. 최근 영국에서는 동성 커플에게도 결혼과 비슷한 법적 권리를 허용하는 '시빌 파트너십'의 영역을 이성 커플에게도 확장하겠다는 결정을 내렸다. '시빌 파트너십'은 상속, 세제, 연금, 양육, 친척 관계 등과 관련된 모든 정부 지원과 법적 보장에 있어 전통적인 결혼제도와 거의 동일한 적용을 받는다. 차이점은 결혼에 포함된 전통적, 역사적, 종교적 의미나 절차를 생략할 수 있다는 것이다. 영국에서는 결혼하면 혼인신고 후 28일 내에 신랑과 신부가 구두와 서류로 혼인을 약속하는 종교적 의미의 결혼식을 치러야 한다. 반면 '시빌 파트너십'은 간소한 의식인 '시빌 세리머니'만 진행하면 되고, 남녀 모두 '시빌 파트너'라는 용어를 쓴다.

이제 우리도 현실을 직시하고 전통적인 결혼제도를 합리적인 제도로 전환시키기 위해 다각도로 모색해야 할 때다. 결혼을 회피하는 젊은 세대에게 5포 세대라고 하며 그들만 질책할 것이 아니라 그들이 처한 현실과 이유를 살피고, 그에 맞는 제도를 고민하는 것이 필요하다. 또한 혼

인신고 제도로 선한 사람들이 피해를 보는 일이 없도록 법
적 제도가 더 탄탄하게 만들어져야 할 것이다.

초콜릿 상자를 열면 다양한 맛과 모양의 초콜릿들이 있다.

어떤 걸 선택하느냐는 나의 몫, 그 만남을 감당해야 할 책임도 나의 몫이다.

3부

초콜릿 상자 속
너와 나, 우리

관계 맺기의
어려움

대화는 상대의 눈을 바라보며 상대의 입장이 되어
나의 의사를 전달하고, 서로 양보할 것은 없는지 살피는 과정이다.

　신문에서 흥미로운 기사를 접한 적이 있다. 코인 노래방이 인기인데 혼자 가서 노래를 부르는 취미를 가진 사람들이 늘어나고 있다는 것이다. 단돈 천 원이면 세 곡을 부를 수 있는데 퇴근길에 몇 곡 부르고 나면 스트레스가 쫙 풀린다는 회사원의 인터뷰도 실렸다. 그러고 보니 소리 지르며 노래를 부르고 싶을 때는 코인 노래방이 딱이라는 생각이 든다. 누구 눈치 안 보고 내가 부르고 싶은 노래를 마음껏 부를 수 있으니 말이다. 이제 노래방도 함께 즐기는 레크리에이션이 아니라 자기 만족을 위한 '혼노래방'이 되고 있으니, 요즘 트렌드를 반영한 변화이기도 하다.

　예전에 즐겨 보던 드라마 중 <혼술남녀>라는 것이

있었다. 몇 년 전 한국 사회를 관통하는 키워드인 '혼밥', '혼술' 등의 신조어가 유행하면서 시청자들에게도 큰 공감대를 형성한 드라마였다. 그런데 이제는 혼자 노는 것을 즐기는 '혼놀족'까지 등장했다고 한다.

경제력을 갖추고 스스로에게 아낌없이 투자하는 20~30대 젊은 싱글족들은 혼자 노는 것을 주저하지 않는다. 이들의 소비 행태가 갈수록 영향력이 커지면서 다양한 상품들이 등장하고 있어 '솔로 이코노미'라는 신조어가 생기기도 했다. 이 같은 현상의 배경에는 1인 가구의 급격한 증가가 있는데, 이는 요새 젊은이들이 바로 3포 세대, 5포 세대가 되었다는 이야기와 연결된다. 마치 동전의 앞뒷면처럼 말이다.

사실 어른이 되어 수많은 관계 속에 놓이다 보면 숨이 막히고 힘들어서 혼자만의 힐링 시간을 가지고 싶은 것이 당연하다. 어떤 면에서 한국인들은 가족, 선후배, 동창, 회사 상사 등의 관계 때문에 시달리는 경우가 많다. 이에 대한 스트레스가 또 얼마나 큰가.

그런데 요즘 이혼 상담을 하다 보면 '관계'를 맺지 못해 발생하는 갈등도 심심치 않게 만난다. 서로 입장을 이해하려는 노력이 없다. "왜 대화를 하지 않으세요?"라고 물으면 다들 대화는 한다고 대답한다. 그러나 그 대화는 문자나 카톡으로 의견을 전달하는 것일 뿐 진정한 대화가 아니다. 대화는 상대의 눈을 바라보며 이야기하고, 상대의 입장이 되어 보기도 하면서 나의 의사를 전달하고, 서로 양보할 것은 없는지 살피는 과정이다. 내 입장을 전달하기만 하고 따지는 것은 대화가 아니다. 그런데 나와 다르면 적이고, 나와 다르면 악이라고 관계를 규정 지어 버린다. 나를 불편하게 하면 그 관계를 잘라 버리면 된다고 생각한다.

대화할 때는 듣고 싶은 것만 듣는다. 심지어 남녀 사이에 아기가 생겨도 그 소중한 생명을 지키려 하기보다는 둘의 관계가 복잡하게 얽히는 게 싫어서 관계를 정리하고 싶어 한다.

부부는 사랑하는 관계이면서 동시에 책임을 동반하는 관계이다. 스쳐 지나가는 일회성 만남으로 맺어진 사이가 아니다. 편하게 애정을 주고받다가 그 마음이 식으면 언제든 떠날 수 있는 관계가 아니다.

몇 년 전부터 지상파 방송에서 육아 예능의 인기가 높아지고, 먹방이 지속적으로 대세인 이유가 있다고 한다. 그 이유는 가족을 만들고 아이를 키우는 것을 접하지 못하는 사람들이 늘고 있기 때문이란다. 예능으로 육아하는 것이나 요리해서 먹는 것을 보며 즐기고 대리만족을 느낀다는 것이다.

이처럼 가정을 꾸리고 관계를 만들어 가는 일은 점점 어려워지고 있다. 부부가 된다는 것, 아이를 키운다는 것은 마치 도를 닦는 수련의 과정과도 같다. 그래도 이것을 예능으로만 접하고 혼자서 노는 것에 익숙한 세대가 계속 안쓰러운 것은 왜일까? 아이 때부터 공부만 하게 하고 친구들과 노는 시간을 빼앗아 버린 부모 세대의 잘못된 교육방법이 지금 이러한 현상을 가져온 것은 아닐까? 지금을 사는 젊은이들에게 미안한 마음이 든다. 그들이 그렇게 살 수밖에 없는 환경을 만드는 데 내가, 우리가 일조한 것은 아닐까 반성하게 된다.

비관주의 vs 낙관주의

비관주의자는 비관주의자대로, 낙관주의자는 낙관주의자대로
다 살아가는 방법이 있다. 아주 극단으로 치닫지만 않으면
어떤 삶도 더 낫다고 함부로 판단할 수 없다.

얼마 전 큰딸에게 주민등록증 발급 통지서가 날아왔
다. 초등학교 입학식 날 긴장하며 선생님을 쳐다보던 아이
의 모습이 아직도 생생한데, 이제 성인이 된다니! 갑자기
코끝이 찡해진다.

큰딸은 나에게 읽기 힘든 책과 같은 아이다. 그래서
나를 공부하게 만드는 아이, 나와 성격이 달라 적극적으로
이해하려고 애써야 겨우 이해가 되는 아이이다. 나는 시행
착오와 모험을 즐기는 낙관주의자 스타일이라면, 큰딸은
침착하고 꼼꼼하지만, 늘 걱정이 많고 불안해하는 비관주
의자 스타일이다. 어느 날 시험을 망쳐서 원하는 대학에 가
지 못하면 세상의 낙오자가 될 거라고 불안해하는 큰딸을

보며 나는 "앞날 걱정은 그만하고, 오늘이나 열심히 살아!" 하며 어깨를 다독여 주었다. 하지만 때때로 걱정이 과도하게 늘어날 때는 따끔하게 야단을 치고 잔소리를 늘어놓기도 한다.

그러던 내가 아주 우연한 기회로 딸에 대한 생각을 바꾸게 되었다. '어떻게 순응하지 않는 사람들이 세상을 움직이는가'란 카피가 마음에 들어 읽게 된 《오리지널스》(한국경제신문사, 2016)의 저자 애덤 그랜트 덕분이다. 애덤 그랜트는 심리학자 줄리 노럼의 연구 내용을 소개하고 있는데, 큰딸과 같은 비관주의자들의 심리를 긍정적으로 받아들이게 될 기회를 얻었다. 그랜트가 밝힌 노럼의 이야기는 이렇다.

겉으로는 확신과 자신감이 넘쳐 보이는 독창적인 인물들이나 지도자들도 우리와 많이 다르지 않은데, 보통은 두 가지 전략을 쓴다고 한다. 바로 전략적 낙관주의와 방어적 비관주의다. 전략적 낙관주의자는 최상의 결과를 예측하면서 마음을 차분하게 가라앉히고 기대수준을 높이 설정한다. 반면 방어적 비관주의자는 최악의 경우를 상정하고 불안감을 느끼면서 잘못될 가능성이 있는 모든 상황을 상상하고 준비한다. 사람들은 대부분 방어적 비관주의자보다 전략적 낙관주의자가 되는 것이 훨씬 낫다고 생각한다.

그러나 분석적, 언어적, 창의적인 작업에서 방어적 비관주의자는 전략적 낙관주의자보다 훨씬 불안해하고 자신감도 덜하지만, 성과는 전략적 낙관주의자 못지않게 좋다는 사실을 발견했다. "처음에 방어적 비관주의자들에게 비관주의에도 불구하고 어떻게 성과를 올리는지를 물어보았다. 그리고 머지않아 나는 그들이 바로 그 비관주의 덕분에 성과를 올린다는 사실을 깨닫기 시작했다."고 노럼은 말한다.

비관주의자들은 자신의 두려움을 극복하기 위해 일부러 처참한 실패 상황을 상상함으로써 불안감을 강화하고 더 강력해진 불안감을 통해 동기를 부여받는다. 일단 최악의 경우를 상정하고 나면 그들은 그런 상황을 피하고자 하는 동기가 생기고, 실패하지 않도록 모든 세부 사항을 치밀하게 준비해서 자신이 상황을 장악했다는 자신감을 얻는다. 그들의 불안감은 실행 직전에 최고조에 달하고 실행하기 시작하면 성공할 마음의 준비가 갖추어진다. 그들의 자신감은 앞으로 겪게 될 어려움에 대한 무지나 환상에서 나오지 않고, 현실적인 평가와 철두철미한 계획에서 나온다는 것이다.

이후로 나는 큰딸이 불안해할 때 마음의 여유를 갖고 웃으며 말한다. "우리 딸, 불안해하는 걸 보니 시험이 다가왔구나. 넌 꼭 한 번 울어야 시험 기간이 지나가더라." 그리고 딸을 품에 안으며 다독여 준다. "그렇게 불안해하며 지금까지 잘해 왔으니, 이번에도 그럴 거야." 그러면 딸은 멋쩍은 웃음을 지으며 내 말에 고마워한다.

　나는 이제 큰딸의 불안을 존중하게 되었고, 그 불안을 어떻게 긍정적인 에너지로 쓸 것인지 방향성에 대해서 고민하고 아이를 도울 수 있게 되었다. 만약 내가 이 불안을 이해하지 못했다면 나는 여전히 아이를 탓하고 걱정 어린 시선으로 바라봤을 것이다. 그런 나의 시선은 아이를 더 주눅 들게 해서 자신의 날개를 제대로 펼치지 못하게 했을지 모른다. 낙관주의 엄마가 비관주의 딸을 망칠 뻔했다.

　부모는 자신의 생각이 옳다는 오류에 빠져 자신과 다름을 틀림으로 재단하고, 사랑이라는 이름으로 포장하여 아이의 삶을 좌지우지하고 싶어 한다. 우리는 그 욕심을 경계해야 한다. 비관주의자는 비관주의자대로, 낙관주의자는 낙관주의자대로 다 살아가는 방법이 있다. 아주 극단으로 치닫지만 않으면 어떤 삶도 더 낫다고 함부로 판단할 수 없다. 있는 그대로를 인정하자.

그대라는
우주

알 수도 가질 수도 없는 물 위에 비친 달과 같은 사람의 마음.
하지만 그 마음을 이해하려고 노력하면 언젠가 길을 찾게 된다.

　　나는 남편과 자주 산책을 한다. 하루는 "난 어떤 사람 같아?"라고 물었더니 남편이 심드렁한 표정으로 이렇게 대답하는 것이 아닌가. "모르지. 내가 그걸 어떻게 알아?" 그 대답에 나는 목소리를 높이며 발끈했다. "아니, 나랑 17년을 넘게 살아오면서 내가 어떤 사람인지 몰라? 너무 하는 거 아냐? 남편 맞아?" 그러자 남편이 피식 웃으면서 나에게 되물었다. "그럼 당신은 나를 알아?" "어? 알지 그럼. 당신은 말이야…음…착하고…진중하고….."

　　나는 구태의연한 대답을 하면서 말을 얼버무렸다. 내가 생각하는 남편에 대한 이미지도 남편이 어떤 사람인지를 설명하지만, 내가 정말 남편에 대해 전부 잘 알고 있는 것인가 했을 때에는 영 자신이 없었다. 그렇게 생각하니 남편이라는 사람에 대해 더 알고 싶은 호기심이 생기고, 우리 부부 사이에 아직 신비감이 남아 있다는 느낌이 들어 살짝 가슴 설레기도 했다.

하지만 부부라는 게 무엇인가! 늘 좋은 순간만 있는 게 아니다. 칼로 물 베기 같은 부부싸움이 자주 일어난다. 나도 늘 부부싸움을 반복한다. 내가 남편에게 갖는 큰 불만 중 하나가 '네 탓'이라고 말하는 순간이다. 남편은 나쁜 일이 일어나면 일단 내 탓을 먼저 한다. 그럴 때마다 나는 억울해서 눈물이 핑 돌 정도다. 답답한 마음에 주변 전문 상담가 선생님들께 물어보니, 남편은 불안한 마음이 생기면, 그 불안을 떨쳐 버리기 위해 가장 편한 상대인 아내에게 그 책임을 떠넘긴다는 것이다. 처음에는 나를 만만하게 여긴다고 괘씸해했는데, 가만 생각해 보니 나를 가장 의지하기 때문이 아닐까 하는 마음이 들었다.

그때부터 남편의 태도와 심리가 이해되었다. 불안과 걱정이 많은 남편은 나와 다르기 때문에 남편과 최대한 이야기를 많이 나누고, 남편을 인정해 주는 노력이 필요하다는 조언을 듣게 되자 이전에 서운했던 마음들이 조금씩 누그러졌다. 남편도 나의 이해와 노력에 고맙다는 말을 처음으로 했다.

　　사람을 이해하고 받아들이는 것은 참으로 어려운 일이다. 20년 가까이 싸워 왔던 문제를 이제야 이해하게 되었으니 말이다. 나는 '모든 사람이 하나의 우주다'라는 표현을 좋아한다. 알 것 같으면서 모르겠는 것이 사람 마음이고, 심지어 내 마음조차도 모를 때가 많다. 그러니 더 이상 서운해할 일이 아니라고 스스로를 다짐시킨다.

　　이규보의 '우물 속의 달'이란 시가 있다.

　　산중의 스님이 달빛을 탐하여
　　호리병 속에 물과 함께 길었네
　　절에 들어가면 깨닫게 될 것
　　병 기울여도 그 속에 달이 없다는 것을.

　　사람의 마음이란 탐하여도 알 수도 가질 수도 없는 물 위에 비친 달과 같은 게 아닐까. 그런데 그 어려운 '그대라는 우주'도 이해하려고 노력하면 언젠가 길을 찾게 되는 것 같다. 나태주 시인의 시처럼 자세히 보아야 예쁘고 오래 보아야 사랑스러워지는 것이다. 사랑이 늘어나고 깊어지면 길이 보인다. 난 이 길찾기가 좋다. 이런 경험을 늘려갈 때마다 내가 더 성장하고, 인간을 이해하는 폭이 넓어지는 느낌이 든다. 그러니 가족은 나에게 더없이 소중한 존재이다.

나는 늘 나 자신에게도 감정 상태에 대한 질문을 던진다. '너 지금 왜 화를 내고 있니? 이유가 뭐니?', '왜 이 상황을 무서워하니? 뭐가 두려운 거니?', '왜 슬퍼하니?'라고 내 안의 양소영에게 물어본다. 이때 스스로에게 답할 때는 완벽히 솔직해져야 한다. 그래야 내 마음을 다스릴 수 있다. 어느 순간 내 감정이 실체가 없는 것이었다면 멈출 수 있어야 한다. 그리고 그 실체 없는 감정을 폭발시켜 상대방에게 퍼부은 것이 있다면 사과할 용기도 가져야 한다. 때로는 내가 힘들어 하면 나를 잠시 쉬게 해줄 수도 있어야 한다. 이것이 나를 사랑하는 방법이다. 나를 사랑하고 이해할 수 있어야 타인에게도 나를 제대로 보여 줄 수 있다.

마음 다스리기 훈련을 하고, 그것을 상대방에게 알려 주는 것으로 관계 맺기를 시작하면 어떨까? "내가 생각해 봤는데, 그때 내 마음이 이래서 그런 행동을 했나 봐."라고 말하고, 고마움과 미안함 또는 느낌에 대해 이야기를 건네면, 나를 이해하고 싶어 하는 상대방이 복잡한 '나'라는 우주로 오는 길이 좀 더 쉬워질 것이다. 그것이 서로 간의 배려이자 사랑이다.

나는
어떤 친구인가?

나와 같이 동시대를 살아가는 사람들은 모두
이 지구라는 별에 소풍을 온 친구들이다.
적어도 그들에게 '적우'가 되어서는 안 될 것이다.

　나는 중국 고전 읽기를 좋아한다. 특히 정치와 역사,
전략가들의 이야기는 처세를 어떻게 해야 하는지, 지략가
가 되려면 어찌 해야 하는지, 리더로서 사람들을 어떻게 이
끌어야 하는지 등에 대해 많은 것을 배울 수 있다. 수많은
인간 관계가 복잡하게 얽힌 이야기는 예나 지금이나 크게
다르지 않은 것 같다. 특히 긴 인생을 떠올려 볼 때 엎치락
뒤치락하는 관계와 처지는 사뭇 사람을 겸손하게 만든다.
　여러 인물의 이야기 중에 내 뇌리에 깊게 남은 이야
기가 있다. 그것은《손빈병법》을 쓴 손빈과 그의 친구 방연
의 이야기이다. 이 둘은 귀곡이라는 곳에서 은거하던 귀곡
자라는 스승 밑에서 같이 배우며 자란 동문이었다. 이 둘이

귀곡자 밑에서 공부할 당시는 손빈이 월등히 앞서 방연은 늘 열등감을 느꼈다. 하지만 내색은 하지 않고 손빈과 사이 좋게 지냈다.

세월이 흘러 스승의 곁을 떠난 방연은 위나라에서 출세하여 손빈을 불러들였다. 그런데 자신보다 왕의 총애를 더 받을 것이 두려워 결국 손빈을 모함하여 무릎 아래를 자르는 빈형臏刑과 얼굴에 먹 글씨를 새겨 죄인임을 표시하는 묵형墨刑을 당하게 한다. 손빈은 방연의 짓인 줄 모르고, 방연 덕에 죽음을 면했다고 여겨 자기 집안에 내려오는 병법과 자신이 아는 병법을 전부 전해 주려 했다. 이를 지켜본 누군가가 손빈을 안타깝게 여겨 방연의 정체를 알려 주었고, 손빈은 극적으로 탈출하여 제나라의 군사자문이 된다.

이후 15년이라는 세월 동안 손빈은 복수 준비를 하고, 마침내 방연은 손빈의 계략에 빠져 전쟁에 패하고 죽음을 맞이한다. 그는 죽는 순간까지 "손빈, 이 더벅머리 촌놈을 내가 유명하게 만들어 주는구나." 하고 질투를 했다고 한다. 인간의 질투와 시기는 끝이 없는 것 같다. 동고동락한 친구를 파멸시키려 했던 방연과 같은 이들이 지금도 얼마나 넘쳐나고 있는가.

사마천의 《사기》 가운데 '계명우기' 편을 보면 4가

지 유형의 친구가 정리되어 있다.

첫째, 서로 잘못을 바로잡아 주고 큰 의리를 위해 노력하는 친구다. 이를 외우畏友라고 한다. 존경하는 친구란 뜻이다.

둘째, 힘들 때 서로 돕고 늘 함께할 수 있는 친구다. 친밀한 밀우密友다.

셋째, 좋은 일과 노는 데만 잘 어울리는 친구다. 일우昵友라고 한다.

넷째, 이익만 보고, 근심거리가 있으면 서로 미루고, 나쁜 일이 있으면 서로 떠넘기는 사이다. 도적놈을 뜻하는 적賊자를 써서 적우賊友라고 한다.

우리는 과연 어떤 친구를 가졌는가? 또 나는 어떤 친구인가? 굳이 동네 친구, 학교 친구, 회사 친구 등으로 인연을 엮지 않아도 나와 같이 동시대를 살아가는 사람들은 모두 이 지구라는 별에 소풍을 온 친구들이다. 적어도 그들에게 '적우'가 되어서는 안 될 것이다.

마음 같아서는 서로의 잘못을 바로잡아 주고 어떤 환경에서도 끝까지 의리를 지키는 '외우'가 되고 싶지만, 내 역량이 거기까지 미치지는 못하는 것 같다. 나도 잘 못하는데, 친구의 잘못을 바로잡아 주는 것이 가능하겠는가. 친구에게 충고랍시고 건넸다가 나의 말이 상처가 되었을까 봐 걱정에 휩싸인 적도 있다. 누구든 상대방의 마음을 정확히 들여다보고 이해하기는 쉽지 않다. 내가 아무리 좋은 의도로 이야기했다 해도 상대방이 그렇게 받아들이지 않았다면, 나의 선한 말은 악한 말로 친구의 마음에 상처를 입힌다.

그래도 '밀우'까지는 욕심을 내어 보고 싶다. 멀리 있어도 같이 있는 듯한 친구. 힘들 때 말없이 위로해 주고, 서로 돕는 친구. 그런 친구 한 명만 있어도 인생 사는 맛이 느껴질 것이다.

부모 마음
헤아리기

더 늦기 전에 조금이나마 더 헤아리려면 그분들의 이야기를
들어야 한다. 어머니의 이야기를, 아버지의 이야기를….

나는 원래 결혼 생각이 없었다. 지금 생각하면 그저
겉멋에 취해 그런 말을 아무 생각 없이 내뱉었던 것 같기도
하다. 그런데 나이 서른이 되자 갑자기 주위에서 나를 폐물
취급을 했다. 나는 정신이 번쩍 들었고, 운명처럼 다가온
남편을 만나 연수원을 졸업하자마자 후다닥 결혼을 했다.

첫아이도 빨리 생겼다. 초짜 변호사와 초짜 부모의
길을 동시에 걷게 된 것이다. 정신없이 아이를 키우며 일하
다 보니, 부모의 마음을 헤아릴 여유가 없었다.

어느 날 첫아이를 안고 젖을 먹이고 있었는데, 친정
엄마가 "나도 너를 그렇게 키웠다. 쳐다보기도 아까운 딸
이었는데." 하셨다. 나는 그 말에 무심코 "무슨! 엄마가 나

를 이렇게 키웠다고?"라고 대답했다. 말해 놓고 아차 싶었지만, 이미 때는 늦었다. 엄마는 못내 서운해하시는 표정을 지었다. 속으로 생각했다. '그랬구나. 엄마한테는 내가 쳐다보기도 아까운 딸이었구나.' 자식을 향한 부모의 속마음을 알게 되면 가슴이 뭉클해진다. 엄마 말씀에 나는 나 자신이 더 소중해지면서 부모의 마음을 이해하게 되었다.

어느 날 큰딸이 중요한 시험을 망쳐서 원하던 고등학교 진학을 못하게 되는 일이 생겼다. 3년을 노력했는데 한 번의 실수로 못 가게 되니 나도 어찌나 속상하던지 도무지 일이 손에 잡히지 않았다. 아이가 상처받을까 봐 아무 이야기도 못한 채 나 혼자 속을 끓였다. 실패도 중요한 경험이라고 아무리 스스로를 위로해 보아도 속상함과 실망과 걱정들이 스멀스멀 올라와 나를 괴롭혔다. 그러면서도 아이와 온전히 연결되어 그 감정이 고스란히 나의 것이 되자 내 마음이 저리도록 아파 왔다.

'내 부모님도 이러셨겠지? 사춘기 때 방황하고, 대학입시에 실패해서 재수를 하고, 사법시험을 여섯 번이나 떨어졌을 때 내 부모님도 나와 같이 오르락내리락 힘드셨겠지?' 나는 문득 큰딸을 걱정하는 나의 마음을 내 부모님의 마음과 연결 지어 생각했다. 그때 부모님은 내게 아무런 탓을 하지 않으셨고 묵묵히 나를 위해 기도하셨다. 옛날에는 전국에 있는 모든 절을 다니시며 기원하셨고, 지금은 교회를 다니시며 새벽 기도를 하신다. 이제는 내가 그런 부모의 마음이 되어 내 아이를 위해 간절히 기도하게 되었다.

어느 날 상담실로 나이 지긋한 어머님 한 분이 찾아오셨다. 그분은 뒤늦게 황혼 이혼을 하고 싶다고 하시며 가슴에 품은 한들을 한꺼번에 쏟아내셨다.

"저는 평생 남편한테 무시당하며 맞고 살았어요. 그래서 이혼을 하겠다고 했더니, 남편은 나가 죽으라고 소리를 치고, 자식들도 그런 엄마를 이해하기는커녕 남 보기 부끄럽다고 하네요. 가족 중에 제 편은 아무도 없어요. 아무래도 헛 산 것 같아요. 내가 아이들을 얼마나 끔찍이 여기며 키웠는데, 어떻게 그런 말을 할 수가 있어요? 엄마가 부끄럽다니요. 요즘에는 자살 충동이 일어서 큰일이에요. 정말 살고 싶지가 않아요."

어머님은 말씀하시는 내내 우셨다. 나는 그런 어머님의 손을 붙잡고 이야기했다.

"어머님, 저도 그래요. 자식은 부모 고통을 잘 모르더라고요. 자기가 아파야 겨우 부모의 아픔을 알게 되더라고요. 그동안 얼마나 힘드셨어요. 힘든 순간들을 꾹꾹 눌러 참으며 지금까지 잘 버텨 오셨어요. 제가 도와드릴게요. 어머님의 아픔을 밖으로 표출하고, 가족이 이해할 수 있는 시간들을 먼저 가져 보는 게 좋을 것 같아요."

나는 어머님의 아픔을 반에 반도 이해하지 못하겠지만, 그분의 고통을 들어주고, 그분의 손을 잡아 주는 것으로 상담을 대신하며, 나의 엄마를 떠올렸다. 엄마가 무릎이 아파 주사를 맞으며 치료받는 동안 나는 그 고통을 이해하는 척했다. 하지만 내가 직접 무릎 통증을 경험해 보니 알게 되었다. 무릎이 아파 밤새 잠을 설치는 고통이 있었다는 것을. 다리가 휘도록 무릎이 퉁퉁 부었는데도 병원에 가지 않는 엄마가 답답해서 타박을 했었는데, 그때 엄마가 얼마나 마음이 아프셨을지, 지금 생각해도 죄송하고 또 죄송하다.

인공지능이 발달하고, 가까운 미래에 우주 시대가 열려도 인간의 마음을 헤아리는 것은 요원할 것이다. 더군다나 자식이 부모의 마음을 제대로 이해하기란 어렵다. 이해하려고 해도 늘 미미한 수준에서 멈추고 만다. 그나마 자신이 부모가 되어 겪어 봐야 부모의 마음을 조금은 짐작할 수 있다.

경험 없이 입장 바꿔 생각하기란 힘든 일이지만, 그

래도 포기할 수 없다. 더 늦기 전에 조금이나마 더 헤아리려면 그분들의 이야기를 들어야 한다. 어머니의 이야기를, 아버지의 이야기를…. 이야기를 들으려면 시간을 같이 보내야 한다. 사랑을 나누는 데는 시간이 필요하다. 그리고 이것은 사람을 이해하고, 사람을 변호하는 내가 해야 하는 일이기도 하다.

일하는 엄마는
나쁜 엄마?

일하는 엄마를 둔 아이들은 마음에 서러움이 있고,
일하는 엄마는 아이들에게 미안함이 있다.

둘째 딸과 오랜만에 쇼핑을 하고 분위기 좋은 레스토랑을 찾았다. 먹음직스러운 피자와 파스타가 테이블 위에 놓이고, 맛있는 냄새가 식욕을 자극하는 찰나, 둘째 딸이 느닷없이 눈물을 흘렸다. 자기 딴에는 스트레스 받는 일이 있었던 듯했고, 그것을 내내 가슴에 담아 두다가 엄마랑 둘이 있을 때 감정이 북받쳐 눈물부터 흘린 것 같았다.

"우리 딸, 맛난 음식 앞에 두고 갑자기 눈물을 흘릴까?" "엄마, 내 하소연 들어 줄래요? 나 너무 속상하고 답답해요."

평소 애교도 많고 똑똑하고 자존감이 높은 둘째 딸이 무슨 일로 속상해하는 것인지 궁금하기도 하고 걱정도

되었다. "그래, 편하게 말해 봐. 엄마가 다 들어줄게."

"엄마, 그러니까…내가 말이야…."

둘째 딸이 꺼낸 이야기는 학교의 팀 수행 과제에 대한 것이었다. 2주 전부터 뮤지컬 공연을 준비한다고 몇 날 며칠 잠도 못 자고 주말에도 과제에 매달렸던 모습을 봐 왔던 터라 어느 정도 짐작이 갔다.

둘째 딸은 뮤지컬 대본을 쓰고 무대에 공연을 올리는 모든 과정을 총괄하는 일을 맡았는데, 꼭 좋은 평가를 받고 싶어 했다. 그런데 같은 팀 친구들이 자기보다 덜 의욕적이고, 대본도 제대로 외워 오지 않고, 소극적으로 임하는 태도를 보여 적잖이 속이 상했던 것 같다. 막상 공연 날이 되어도 상황은 나아지지 않았고, 공연은 둘째 딸의 바람과는 다르게 엉망이 되고 말았다. 나는 둘째 딸의 하소연을 들으며 담담히 말했다.

"엄마는 네가 정말 소중한 경험을 했다고 생각해. 네가 아무리 열심히 하고 잘하고 싶은 욕심을 낸다 해도 혼자서는 힘든 경우가 많아. 그리고 다 내 마음 같지 않으니 다른 사람들이 나처럼 해주기를 바라는 것도 안 되고. 또 열심히 해도 결과가 좋지 않을 수 있는 거야. 실패한 것을 받아들여야 더 성장할 수 있어."

둘째 딸은 자기 혼자 설레발을 치며 과제 수행을 억지로 끌어왔다가 좋지 않은 결과를 얻게 된 것이 몹시 창피하고 속상했던 것 같다. 그런데 그 마음을 털어놓을 데가 없었고, 몇 번이나 엄마에게 이야기하고 싶었는데, 바쁜 엄마에게 말 꺼내기가 쉽지 않았던 것이다. 둘째 딸의 상황을 듣고 나니, 미안한 마음이 들었다. 어린 나이에 혼자 속을 끓였을 걸 생각하니 가슴이 저며 왔다. 어느새 내 눈에도 그렁그렁 눈물이 맺혔다. 나와 둘째 딸은 그렇게 맛난 음식을 앞에 두고 눈물을 흘렸다.

이렇게 일단락된 수행 평가 이야기는 나중에 훈훈하게 마무리되었다. 수행 과제는 제대로 못했지만, 같은 팀이었던 친구들이 둘째 딸의 노력과 열심을 인정해 주어서 둘째 딸만 좋은 점수를 받게 된 것이다. 잠시나마 친구들을 원망했던 자신을 반성하며 뒷이야기를 전해 주는 둘째 딸을 보며, 나는 그 친구들의 마음이 참 고맙고 멋지다고 생각했다.

아무튼 둘째 딸에게는 내가 늘 필요할 때 없는 엄마, 냉정하게 손을 뿌리치는 엄마로 인식이 되어 있었다. 한번은 tvN 예능 프로그램인 '둥지탈출'에 둘째 딸과 함께 출연한 적이 있었는데, 나는 전혀 생각나지 않는 어릴 적 에피

소드를 이야기하는 것이었다. 둘째 딸이 다섯 살이었을 무렵 내가 급히 출근하는 상황이었는데, 내 다리를 꼭 붙잡고 가지 말라고 울고불고 매달린 적이 있었단다. 그런데 내가 아주 차가운 표정으로 "입 냄새 나! 저리 가!" 했다는 것이다. 아마 중요한 재판을 앞두고 예민해져 있던 차에 고집불통인 둘째 딸을 제압하려면 그 수밖에 없었다고 변명 아닌 변명을 해본다. 하지만 미안한 건 미안한 것이다. 둘째 딸에게 진심으로 사과를 하며 부둥켜안고 울었다.

그 시절 나는 참 힘들었다. 첫째는 일곱 살, 둘째는 다섯 살, 막내는 두 살. 이렇게 올망졸망한 아이 셋을 돌보며 변호사 일을 감당해야 했으니, 내 몸이 몇 개라도 부족할 판이었다. 하루 일을 마치고 집에 와서 방바닥에 누우면 저 깊은 땅속으로 몸이 빨려 들어가는 느낌이 들었다. 도대체 무슨 정신으로 그 시기를 견뎠는지 신기할 정도다.

집에 돌아오면 첫째는 오른팔, 둘째는 왼팔을 베게 하고, 막내는 내 배 위에 올려놓았다. 그리고 같이 노래를 부르거나 그림책을 읽으며 잠이 들었다. 어떤 때는 내가 먼저 코를 골고 잠이 들어버려 아이들끼리 싸우는 소리에 눈을 뜨기도 했다. 아이들을 재우려고 자장가를 불러 주다가 서로 꼭 안고 눈물을 흘릴 때도 많았다. 아이들은 엄마 사랑이 고팠는지 내가 퇴근만 하면 서로 매달려 놓아 주질 않았다.

지금도 나와 아이들은 서로를 위로하며 자주 운다. 일하는 엄마를 둔 아이들은 마음에 서러움이 있고, 일하는 엄마는 아이들에게 미안함이 있다. 다행히 우리는 서로의 마음을 이해하며 같이 울고 같이 안아 준다.

한창 아이들을 키울 때 내가 안은 숙제는 일하는 엄마의 아이 잘 키우는 방법이었다. 국내 서적은 물론이고 외국 작가들의 책까지 뒤져가며 읽었다. 타이거 마더 교육법, 인재시교, 엄마가 하는 영어교육법, 명문가 교육법 등 무엇이 맞는 것인지 답을 찾아 헤맸다. 좌충우돌하며 방향을 잡지 못하고 있을 때 한 선배의 말이 내게 큰 위로가 되었다.

"양변, 일하는 엄마도 얼마든지 아이를 잘 키울 수 있어. 일하는 엄마만이 줄 수 있는 것들이 있을 거야. 너무 조바심 내지 말고 소신껏 해."

선배의 말대로 일하는 엄마는 사회생활에 대해 알려줄 수 있고, 사회인으로서 선배와 멘토 역할을 할 수 있다고 생각하니 마음이 한결 가벼워졌다. '그래, 자신감을 갖자. 내가 열심히 사는 모습을 보여 주면 우리 아이들도

나를 바라보며 세상을 배울 수 있을 거야.'

　그때부터 나는 내가 할 수 있는 것에만 집중하기로 했다. 청소, 빨래, 요리 등 집안일을 못해서 가졌던 미안함과 죄책감을 떨쳐 버렸다. 그것으로 인해 더 이상 미안해하지 않기로 했다. 대신 아이들이 세상에서 자립할 수 있는 강한 오뚝이 정신을 키워 주기로 했다. 함께 운동을 하고, 끊임없이 대화를 나누면서 말이다.

　어떤 순간은 아이들의 인생에 뛰어들어 좌지우지하고 싶은 유혹을 느끼기도 한다. 내 아이들이 내 소유라는 착각 때문이다. 하지만 아이들은 생각보다 지혜롭고, 능력이 있고, 결코 나약하지 않다. 아이들이 시행착오를 겪고 스스로 해결해 나가는 것을 말없이 옆에서 지켜봐 주는 것이 부모이다. 우리 아이들도 그것을 원하고, 그래서 엄마가 바쁜 게 다행이라고 말한다.

　세상을 살다 보면 별별 사람들을 다 만난다. 여러 만남을 통해 기쁨을 얻기도 하고, 상처를 입기도 한다. 내가 먼저 그 길을 걸어 봤기에 결코 녹록지 않음을 안다. 그럼에도 불구하고 불합리한 세상에서 아이들은 자신만의 방법을 찾아가며 성장해 갈 것이다. 나는 세상과 아이들 사이에서 사람에 대한 믿음과 신뢰를 잃지 않도록 다독여 주

는 역할을 할 것이다. 그것이 진정한 부모의 역할이라고
생각하기에.

용서해야
용서받을 수 있다

우리에게 잘못한 사람을 용서하여 준 것같이 우리의 죄를 용서해 달라는
기독교의 주기도문은 기도할 때마다 내 마음에 경종을 울린다.

"도대체 우리 남편은(아내는) 거짓말을 밥 먹듯이
해요. 그래서 믿을 수가 없고, 용서할 수 없어요."라고 하소
연하는 사람들이 많다. 그래서 들어보면 이런 내용이다.

금연을 하기로 했는데 약속을 지키지 않는다.
술을 줄이기로 했는데 안 줄인다.
나 몰래 시댁이나 친정에 돈을 보낸다.
나 몰래 주식투자를 한다.
나 몰래 통장이 있다.
난 돈을 아껴 쓰는데, 배우자는 나 몰래 사치한다.

이렇게 말하는 이들 중 대다수가 모범생이고 성실한 사람들이다. 그들은 자신의 기준이 확고하여 좀처럼 상대방을 이해하기 힘들어 한다. 그래서 나는 그들에게 이런 질문을 던진다. 혹시 당신은 거짓말한 적이 없느냐고. 그리고 배우자가 왜 거짓말을 해야만 했을까 생각해 본 적 있느냐고. 변호사인 나도 솔직히 거짓말을 전혀 안 한다고는 말 못하겠다. 지금도 남편에게 작은 거짓말들을 하며 둘러댈 때가 있으니 말이다. 사람은 누구나 마음속에 지킬과 하이드가 있다. 하이드같이 들키기 싫은 비밀이 있어서, 그 비밀을 지키기 위해 거짓말을 한다.

전 세계 60개국 7천 명의 과학자들의 자녀양육 연구 결과를 담아 낸 《양육쇼크》(물푸레, 2014)라는 책이 있다. 그 책에서 말하기를, 부모가 생각하는 오류 하나가 자기 아이는 착해서 거짓말을 하지 않을 것이라고 믿는다는 것이다. 하지만 부모의 생각과는 다르게, 아이들은 만 3세부터 거짓말을 배우고, 갈수록 거짓말이 늘어난다. 이때 부모는 아이들의 거짓말 습관이 자연스럽게 사라질 것이라 믿고 방치하면 안 된다. 이야기를 통해 우회적으로 진실이 중요함을 강조하고, 거짓말이 드러났을 때는 윽박지르기보다는 침착하게 거짓말을 스스로 인정할 수 있도록 대화를 유도

해야 한다.

배우자가 거짓말을 했다면, 그 원인이 나에게 있지는 않은지 한 번쯤은 돌아보아야 한다. 아이들이 자꾸 거짓말을 하고 비밀이 많아진다면, 그 원인이 부모인 나에게 있는 것은 아닌지 생각해 보아야 한다. 더 나아가 나는 과연 거짓말을 하지 않는지, 나는 상대방을 비판할 자격이 있는지 살펴볼 시간을 가져야 한다.

사람 관계가 그렇다. 둘 이상 모이게 되면, 누군가 권력을 쥐게 되고, 상하 관계 내지는 우열 관계가 형성된다. 여기서 누군가 실수라도 하게 되면, 그 사람은 약점을 잡히게 되고, 점점 관계 속에서 위축된다. 완벽에 가까운 사람을 만나면, 빈틈이 많은 사람은 숨이 막힌다. 그 사람 안으로 들어갈 틈이 보이지 않아 힘들어 하다가 점점 멀어지게 된다. 그 사람에게 나의 부족한 모습을 들키고 싶지 않아 거짓말을 하고 마주하기를 피한다.

그런 면에서 나는 흠이 많은 나 자신이 좋다. 이런 나를 부끄러워하지 않고 사랑하려고 노력한다. 내가 흠이 많은 사람이기에 자연스럽게 타인에게도 관대해진다. 나는 의도적으로 더 흠이 많은 나에게 자신감을 불어넣으려 애쓴다.

늘 상대방의 문제를 끄집어내고 비난하는 것에 익숙한 사람들을 보면 씁쓸한 마음이 든다. 자신은 아무런 흠이 없는 것처럼 타인을 비난하고 공격하는 태도는 관계를 왜곡시키고 발전할 수 없게 만든다. 타인의 흠을 발견하면 타인을 탓하기보다 자신에게는 흠이 없는지 돌이켜 보는 시간을 가져야 한다. 그것이 나 자신에게 더 유익한 일이다.

우리에게 잘못한 사람을 용서하여 준 것같이 우리의 죄를 용서해 달라는 기독교의 주기도문은 기도할 때마다 내 마음에 경종을 울린다. 나는 얼마나 다른 사람을 용서하며 살고 있을까? 내가 용서하면 신께 용서받을 수 있다. 그리고 무엇보다 내가 용서할 수 있는 사람이어야 나의 배우자도, 나의 자녀도 내 곁에 머물 수 있다. 용서의 그늘이 있어야 그 밑에서 쉴 수 있는 법이다.

쓴맛 강한 카카오 100% 닙스.

사회에서 여자로 산다는 건 카카오 100%의 맛 같다.

4부

카카오 100%
여자의 일생

수많은 82년생
김지영들

지금 병들었다고, 고쳐 달라고 하는 '김지영'의 외침을 외면하지 말자.
나도 겪었으니 너도 겪어야 한다고 하면 세상의 변화를 이루지 못한다.

　이제는 고인이 된 노회찬 의원이 문재인 대통령에게
취임 축하 선물로 주어 화제가 된 책이 있다. 바로 조남주
의 《82년생 김지영》(민음사, 2016)이란 소설이다. 방송작가
가 쓴 소설이라는 점에서도 호기심이 일어 당장 그 책을 샀
다. 최근 여성의 지위와 관련하여 사회적으로 재고하기를
바란다는 일성을 하였다고 하니, 여성인 나로서도 당연히
읽어야 할 숙제 같은 책으로 다가왔다.
　마침 울산 재판을 마치고 서울행 기차를 기다리는
동안 몇 시간이 비어서 서둘러 울산역 귀퉁이에 있는 카페
를 찾아 들어갔다. 그러고는 오래 있을 수 있는 구석진 자
리에 앉아 가방에 담긴 《82년생 김지영》을 꺼냈다. 귀에 이

어폰을 꽂은 뒤 설레는 마음으로 책장을 연 나는 두 시간 정도 걸려 책장을 덮을 수 있었다.

주인공 김지영 씨는 아이를 낳아 육아휴직을 한 여인이었다. 어느 날 그녀의 남편은 김지영 씨가 평소와 다르다는 것을 눈치채고 정신과 치료를 받아야 할지 말아야 할지 고민한다. 그녀가 자꾸 다른 사람의 영혼이 되어 이야기하는 이상 증세를 보였기 때문이다.

초반부터 매우 호기심을 일으키는 전개여서 책장이 술술 넘어갔다. 과연 그녀는 어떤 일을 겪었기에 이렇게까지 되고 말았을까. 그녀가 겪었을 그 힘든 일을 공감하고 기꺼이 눈물을 같이 흘려 주리라는 마음으로 이야기에 몰입했다.

그런데 책을 다 읽고 난 다음에는 솔직히 허탈했다. 작가의 말대로 그녀의 삶은 나의 이야기이자 우리들의 이야기임에 틀림없다. 그런데 정신질환 증세까지 일으킬 정도로 그녀가 힘들었다는 것에 동의가 되지 않았다.

드라마 <사랑과 전쟁>에 나오는, 아니 그보다 더 심각한 부부관계를 매일 상담하는 나는 상상조차 힘든 '대한민국 어머니들'의 이야기를 수없이 듣고 있다. 나 또한 한 여성으로서 그 삶을 살고 있기도 하다. 그런 나에게 그녀가 겪은 현실이란 사치스러운 투정 정도로밖에 보이지 않았다. 난 그녀보다 힘들게 살았고, 더 힘들게 살고 있는 김지영을 얼마든지 댈 수 있다. 아마 그녀들의 이야기를 들려주면 김지영은 정신이 번뜩 들면서 생각을 고쳐먹지 않을까?

그녀에겐 그녀를 이해하려는 남편이 있었고, 마음만 먹으면 직장으로 돌아갈 수 있는 능력도 있었다. 그동안 직장에서나 사회에서 매번 자신이 힘들어지면 그녀를 돕는 사람들도 존재했다. 이것은 어마어마한 행운이 아닐까? 오히려 자랑을 할 만한 일이지 않을까? 책장을 덮으면서 나는 적잖이 당황했다. 당연히 소설의 주인공과 같은 마음이 될 줄 알았는데, 그녀에게 동의를 못하는 내가 좀 이상한 사람인가 하는 생각도 들었다.

그런데 시간이 지나면서 자꾸 김지영이 눈앞에 아른거렸다. '82년생 김지영'은 내가 보기에 조금 철이 없고, 까탈스럽고, 참을성 없는 인물이었다. 김지영 씨처럼 82년에 태어난 친구들은 나보다는 인권과 양성평등을 이야기하는 조금 더 나은 세상에서 자랐으니 당연히 평등하지 않고 부당한 현실에 더 민감하게 반응하는 것이라고 이해하게 되었다. 그렇게 인정하는 마음이 되자 비로소 김지영과 화해할 수 있었다.

내가 운영하는 법무법인에도 '82년생 김지영'들이 있다. 그들을 대하면서 나의 생각과 태도가 바뀌어야 한다는 경험을 한 적이 있다. 그날은 법인 설립 기념식 날이었다. 나는 너그러운 미소를 지으며 직원들에게 불만 사항이나 개선점을 서슴없이 이야기하라고 했다.

때마침 82년생 김지영 중 한 명이 입을 열었다. 사뭇 긴장되는 순간이었다.

"양소영 변호사님, 저는 여기에 일하러 왔지, 청소나 설거지를 하러 온 사람이 아닙니다. 그런 허드렛일을 계속하고 있으면 자꾸만 회의가 들고 자존감이 낮아지는 것 같아요."

그녀의 당찬 말에 나는 순간 머릿속이 하얘지고 말았다. 변호사 사무실에서 여자 직원은 쉽게 말하면 만능이 되어야 한다. 비서 업무, 응대 업무, 사무실 정리, 서류 접수 업무, 회계 업무는 물론이요 간단한 법률상담까지 해야 할 정도이다. 그에 비해 월급은 외부 업무를 주로 하는 송무 직원이나 사무실에서 일하는 사무장들보다 낮은 편이다. 나는 그런 상황들을 고려하여 만능이어야 하는 직원들의 업무를 분리해 담당자를 정하고, 월급도 그에 합당하게 책정해 주었다. 게다가 커피 타는 업무를 줄여 주려고 커피

머신까지 구비한 마당에 이런 이야기를 들으니, 나는 망치로 머리를 얻어맞은 듯했다.

　　나는 애써 평정심을 찾고, 차분히 그 직원에게 대안을 생각해 보자고 했다. 그리고 바로 다음 날부터 그 부분을 시정했고, 솔직히 말해 준 그녀에게 고마운 마음이 생겼다. 나에게 그녀의 자존감을 지켜 줄 수 있는 기회를 주었으니 말이다. 그녀가 점점 일에 대한 자부심이 커지는 것을 보면 그녀의 말을 들어주기를 잘했다는 생각이 든다.

　　우리 시대에는 '82년생 김지영'뿐만 아니라 72년생, 62년생, 52년생, 42년생 김지영들이 한데 어울려 살고 있다. 각자의 입장과 처한 환경이 다르기에 생각하는 방식도 다를 수밖에 없다. 먼저 살아온 세월을 무시하지는 못하지만, 젊은 친구들의 말을 투정으로만 여기는 앞선 세대의 속단도 반성해야 할 것이다. 나도 그 책임에서는 열외가 될 수 없다.

　　지독한 시집살이를 경험한 며느리가 더 심하게 시집살이를 시킨다는 말이 있다. 자신의 고통에만 집중하여 다른 사람의 고통을 평가절하하는 행동은 옳지 않다.

　　우리는 '사건'에 대한 기억은 잘하지만, '감정'에 대한 기억은 잘 하지 못한다고 한다. 아무리 힘들었던 일이라도 시간이 지나 그때의 감정이 옅어지면 실제보다 '덜' 힘들었다고 기억하게 된다는 것이다.

지금 병들었다고, 고쳐 달라고 하는 '김지영'의 외침을 외면하지 않고 귀 담아 들어야 또 다른 김지영이 생기지 않을 것이다. 선배 김지영들이 '나도 겪었으니 너도 겪어야 한다.'고 하면 세상의 변화는 이루지 못한다. 나는 겪었지만 너는 겪지 말라고, 우리가 너희들을 위해 나서겠다고 해야 한다. 이런 김지영들의 연대가 이 사회에 생겨야 한다. 이것이 우리의 어린 딸들을 위한 일이다.

'미투'에서
'아워스투'로

'나'라는 개인이 모여 '우리'라는 공동체를 이룬 것이다.
우리의 힘은 나의 힘보다 크게 작용한다.

   최근 우리 사회를 뜨겁게 달군 화제 가운데 하나가
'미투#MeToo 캠페인'이다. 미투 캠페인을 인터넷에 검색해 보
면 다음과 같이 정의되고 있다.

   사회관계망서비스(SNS)에 '나도 그렇다'라는 뜻의 'Me
   Too'에 해시태그를 달아(#MeToo) 자신이 겪었던 성범
   죄를 고백함으로써 그 심각성을 알리는 캠페인.

   미투 캠페인은 미국 할리우드의 유명 영화제작자 하
비 와인스타인의 성추문 사건 이후 영화배우 알리사 밀라
노가 2017년 10월 15일 처음 제안하면서 시작됐다. 성범죄

를 당한 모든 여성이 '나도 피해자'Me Too라며 글을 쓴다면 주변에 얼마나 많은 피해자가 있는지 경각심을 불러일으킬 수 있다는 취지였다.

　우리나라에서도 현직 검사가 방송에 출연해 자신의 피해 상황을 밝히면서 엄청난 파장을 일으켰고, 그로 인해 미투 열풍이 거세졌다. 가해자는 피해 검사의 상급자였고, 사회적으로도 꽤 영향력이 컸던 사람이었다. 그날 "저와 같은 피해자들에게 당신이 잘못한 것이 아니라고 말하고 싶어 이 자리에 나왔습니다."라는 피해 검사의 말을 많은 사람들이 기억할 것이다. 이 말은 피해를 당하고도 위로를 받지 못할 뿐 아니라 자책의 세월을 보내야 했던 많은 사람들에게 위로가 되었다.

　이와 비슷한 시기에 최영미 시인의 시 '괴물'이 화제가 되었다. 시에 등장하는 En선생으로 지목된 시인은 그동안 노벨문학상 후보로 거론되던 존경받는 거장이었기에 충격은 매우 컸다. 그뿐만 아니라 작가, 정치인 등 여러 분야에서 덮어져 왔던 문제들이 수면 위로 올라오면서 사회를 떠들썩하게 만들고 있다.

　나 역시 남성들이 많은 분야에서 일하고 있고, 언어적 희롱이나 여성으로 차별받는 억울한 경험을 자주 겪었던 터라 피해 검사를 응원하며 미투에 참여했다. 그리고 "여성이 한 인간으로 대우받는 그날이 오기를 바란다."는 짤막한 글을 페이스북에 올렸다. 어떤 분들은 댓글에 이런 현상이 잘못된 방향으로 나아가 서로를 파괴할 수도 있다며, 당부의 말을 남기기도 했다.

과연 어떤 것이 서로를 파괴하는 것일까? 거센 미투 운동이 남자를 파괴하는 쪽으로 향할 수 있다는 말일까? 피해자는 피해자로서 고통을 끌어안고 참으며 살아야 할까? 가해자를 너그러이 용서하고 조용히 지내는 게 미덕일까?

물론 미투 운동으로 인해 사회적 명성과 업적을 하루아침에 잃는 사람도 생겼다. 또 다른 의미에서의 2차, 3차 피해자가 나타나기도 했다. 그러나 그 원인은 피해자의 폭로가 아니다. 가장 근본적인 원인은 자신이 저지른 행위에 있다. 이 점은 분명한 사실이다.

추행당하거나 희롱당한 사람은 '하나의 인격체'로 동등하게 대우받아야 하는 '사람'이다. 그들의 인격을 추행하거나 희롱할 수 있는 권리를 부여받은 사람은 이 세상에 아무도 없다. 그래서 가해자들은 뼛속 깊이 반성하고 피해자들에게 사죄하고 용서를 받아야 한다. 피해자가 오히려 꽃뱀 취급을 받고 파괴자로 지목받는 세상에서 용기 있게 미투 운동에 참여하고, 자신의 아픈 상처를 공유한 일은 박수를 받아야 마땅하다. 한 검사의 고백으로 촉발된 하나된 목소리는 분명 우리 사회를 변화시킬 것이고, 이것은 더 나은 미래를 만드는 원동력이 된다고 확신한다.

더 나아가 미투#MeToo가 아워스투#OursToo로 발전되어야 한다고 생각한다. '나'라는 개인이 모여 '우리'라는 공동체를 이루는 것이다. 우리의 힘은 나의 힘보다 크게 작용한다. 여기서 한 가지 짚고 넘어갈 것은 아무리 좋은 미투 운동도 가짜 미투를 막지는 못한다는 것이다. 형사적 처벌이 내려지지 않은 상황에서 언론이 먼저 터뜨려 가해자를 단죄하고 여론 재판으로 나아가는 것은 경계해야 한다.

많은 이들이 바라는 것은 진정한 피해자를 구제하는 것이다. 사회적 분위기에 편승하여 단순 보복 범죄에 이용하는 사람들이 생기지 않았으면 하는 바람이다. 가짜 미투가 위험한 것은 무죄가 나올 경우 진정한 피해자들까지 위축되어 자신의 권리를 포기하게 되고, 가짜 미투를 도운 여성단체나 봉사자들까지 허탈감과 배신감에 원동력을 잃을 수 있기 때문이다. 자극적인 가십거리로 관심을 끌었다가 금세 식어 버리는 미투 운동은 우리가 바라는 것이 아니다. 한 사람의 인생을 파괴하거나 남성을 적대적으로 대하는 것이 목표가 되어서는 안 된다. 일상생활에서 벌어지는 작은 언행, 주위에서 벌어지는 사소한 일들에 대해 고쳐야 한다고 말할 수 있는 세계관을 만들고, 그 목소리에 힘을 실어 주어 끈질기게 이어 나가야 한다.

아내는 남편의
소유물이 아니다

아내가 남편의 동반자이자
독립된 인격체로 존중받아야 여성 인권이 바로 선다.

상담을 하다 보면 가정폭력, 특히 폭언에 노출된 가정을 많이 본다. 입에 담기 힘든 욕설과 아내를 무시하는 남편의 말이 법정에서도 난무한다. 그런 말들이 아내에게 얼마나 큰 비참함을 안겨 주고, 엄청난 인격 모독이 되는지를 모르는 걸까?

판사가 왜 아내를 폭행했느냐고 물으면 아내를 사랑해서 그런 거라고 뻔뻔하게 답한다. 술만 먹고 들어오면 폭언과 폭행을 일삼는 남편에게 술버릇을 고치라고 하면, 내집에서 내 마음대로 하지도 못하냐며, 남편의 권리는 다 어디 갔냐며 울부짖는다.

바람을 피운 남편은 다른 사람들도 다 바람피워서

나도 호기심에 한번 피워 봤다며, 그것 때문에 계속 잔소리를 하는 아내가 짜증 난다고, 당장 이혼시켜 달라고 큰소리를 치기도 한다. 드라마보다 더 드라마 같은 상황이 실제 이혼 법정에서 펼쳐진다.

이러한 남편들의 머릿속에는 '아내가 내 소유물이다'라는 인식이 깊이 뿌리박혀 있다. 그래서 아내를 마음대로 해도 전혀 문제가 안 된다고 생각한다. 그런 인식 때문에 가정폭력으로 경찰서에 신고하면, 집안일이니 알아서 해결하라는 식으로 대응한다. 또 잘못을 여자에게 돌려, 남자는 여자 하기 나름이라고 피해 여성을 폭력 현장인 집으로 돌려보내는 사례도 비일비재하다.

여성을 한 인격체로 인정하기보다는 남성보다 못한 존재로 여기는 사회적 통념은 여성에게 가해지는 남성의 폭력을 용인하고, 일부분 정당화시키는 경우가 많다. 처벌받더라도 솜방망이 처벌 정도이다. 여기서 끝나면 다행인데, 이후 피해 여성은 가만히 있었으면 될 일을 괜히 문제 삼아 시끄럽게 만들었다며 웃음거리로 전락하고, 2차, 3차 피해를 겪는다.

최근 여성들은 경제적 지위가 높아지면서 힘을 모아 여성의 권리를 외치고 있다. 여성 스스로 자신의 권리를 찾고 남성과 대등한 위치에 서기 위해 애쓰는 모습들은 매우 긍정적이라 생각한다. 그런데 이러한 움직임 때문에 남성들 사이에서 '여성 혐오'가 널리 퍼지고 있다. 취업이나 경쟁에서 뒤쳐진 남성들이 자신들이 당한 고통의 원인을 여성에게 돌리는 것이다. 즉 자신에게 올 경제적 기회가 자신보다 못한 존재인 여성 때문에 박탈당하고 있다고 생각한다. 이러한 남성들의 잘못된 분노는 폭력으로 나타나고, 불특정 여성들을 향해 표출된다.

자신보다 강한 존재에게 물리적 폭력이 행해지는 경우는 없다. 대부분 폭력은 자신이 폭력을 행사해도 반항하지 못하는 대상에게 가해진다. 이런 여성 혐오가 사라져야 여성을 향한, 자녀를 향한 가정폭력이 없어질 것이다.

여성들 또한 여성에 대한 존중과 이해가 부족할 때가 많다. 이혼 소송을 하면서 여러 경로로 부정행위가 발견되지만 부정행위를 한 상대방, 그러니까 상간녀가 직접 본처에게 증거를 보내고 연락을 하는 경우도 있다. 발송 문자는 대부분 '당신 남편은 더 이상 당신을 사랑하지 않는다. 아직도 그런 남편이랑 살려고 하는 당신은 바보 아니냐!'라는 식의 조롱 섞인 내용이다. 심지어 남편과 함께 여행 가서 찍은 사진을 버젓이 보내 아내를 자극한다. 남편의 부정

행위를 당당히 밝히며 아내를 바보 취급하는 사람이 같은 여자인 상간녀인 것이다. 또한 시댁과의 관계에서 시어머니가 아직도 '며느리'라는 존재를 한 인격으로 바라보지 못하고 무조건 아들 편만 드는 경우도 있다.

이처럼 같은 여성끼리도 '아내'를 하나의 인격체로 존중하지 않고, 남편에게 빌붙어 사는 사람, 자신의 인생을 결정하지 못하는 사람, 언제든지 버릴 수 있는 소모품으로 본다. 여성과 아내는 별개의 존재가 아니라, 같은 것이다. 그것이 구분되고 달리 보는 인식이 바뀌지 않으면 여성 인권 보호는 답보 상태가 될 수밖에 없다. 아내는 남편의 부속품이 아니라, 남편의 동반자이자 독립된 인격체이다. 이런 존재로 존중받아야 여성 인권이 바로 설 것이다.

여자의
홀로서기

내가 마음 편히 사회적, 경제적 활동을 할 수 있는 것은
남편과 아이들의 뒷받침이 있기 때문이다.

이혼을 하면 대부분 여성이 피해자가 되고, 손해를
입는 경우가 많다. 남성은 사회적 지위와 경제적 부를 이루
어 이혼 후에도 생활이 어렵지 않다. 또 남성에게 이혼은
큰 흠이 되지 않아 언제든 새로운 출발을 할 수 있게 된다.
하지만 여성은 주부로서 아이들 양육과 집안 살림에 매진
하다 보면, 경력 단절이 생기고, 갑자기 이혼 후 홀로서기
를 할 경우 막막해지게 된다.

뻔한 스토리라 할 수도 있는데, 학창 시절 만나 남편
의 고시공부를 뒷바라지했더니 남편이 연수원에서 동료와
눈이 맞아 아내에게 이혼을 요구하는 경우가 있다. 소위 사
회적 성공을 이루고 난 뒤 조강지처를 헌신짝처럼 버리는

것이다. 현행법은 이혼 후 생기는 경제적 부에 대해서는 재
산분할을 전혀 못 받게 되어 있다. 그래서 아내들이 결혼생
활이 괴로우면서도 남편의 외도를 묵인하며 이혼을 안 하
고 버티는 것이다. 이렇게 버티다가 정신적인 스트레스가
심해지면 자살이라는 극단적인 선택까지 할 때도 있다.

　　내가 만난 의뢰인도 비슷한 경험을 하여 나를 찾아
왔다. 남편과 직장에서 만나 사내 연애를 하고 결혼에 골인
했는데, 몇 년간 아이가 생기지 않자 남편이 시험관 시술을
하자고 제안하며 퇴직을 권했다는 것이다. 아내는 고민 끝
에 잘 다니던 회사를 그만두고 병원을 다니며 아이 갖기에
집중했다.

　　하지만 시간만 속절없이 흐르고, 연이은 시험관 시
술의 실패로 아내는 몸과 마음이 매우 지친 상태가 되었다.
그사이 남편은 회사에서 승승장구하여 임원 자리에까지 오
르고, 갑작스러운 지방 근무로 서로 떨어져 지내게 되었다.
아내는 잠시 떨어져 지내는 것도 마음을 추스르는 데 도움
이 되겠다고 판단했다. 자신도 다시 일자리를 찾기 위한 시
간이 필요했기 때문이다.

　　그런데 6개월 뒤 남편이 아내에게 이혼 소장을 보내
왔다. 더 놀라운 것은 남편이 서로 떨어져 지내는 동안 회

사로부터 아내 몰래 스톡옵션을 받았고, 서둘러 아내와의 이혼을 계획했다는 것이다.

망연자실한 아내는 나에게 눈물을 쏟으며 말했다.

"그 사람이 끝까지 나를 책임지겠다고 했는데, 그 말을 믿은 제가 바보였어요. 그 좋은 직장을 그만두고, 남편을 뒷바라지하며 아이를 갖기 위해 얼마나 노력했는데…. 이제 제 인생은 어디 가서 찾아야 하나요? 남편이 이룬 부와 명예는 나와 함께하는 시간 동안 생긴 것인데, 저는 전혀 보상을 받지 못하는 건가요?"

그녀의 외침이 아직도 생생히 들린다. 법을 다루는 사람으로서 그녀의 억울함을 법적 제도로 풀어 주고 싶은 마음이 굴뚝같다. 세상이 많이 바뀌어 이혼이 별 것 아니라는 인식이 퍼져 있지만, 아직도 이혼 이후 부부였던 두 사람이 겪게 되는 고통은 크다. 두 사람 모두 억울하지 않고 공평하게 헤어지도록 법적 제도가 뒷받침되어야 한다.

외국에는 이혼한 후에도 몇 년간 배우자에게 부양료를 지급하게 하는 제도가 있다. 우리나라도 이 제도를 채택해 이혼으로 인해 나머지 한 사람이 극빈층으로 전락하는 것을 막아야 한다. 혼인 중에 생긴 사회적 이익은 어느 정도 배우자와 공유하게 하는 것이 공평하다. 결혼생활 동안 같이 형성하고 유지한 재산뿐만 아니라 앞으로 생기는 수입에 대해서도 몇 년간 공평하게 분할되는 것이 맞다.

나는 가끔씩 생각한다. 내가 마음 편히 사회적, 경제적 활동을 할 수 있는 것은 남편과 아이들의 뒷받침이 있었기 때문이라고. 내가 벌어들이는 수입에 대해 남편과 아이들의 기여분이 있다는 의미이다. 예를 들어 배우자가 의사나 변호사 자격증을 취득한 경우 뒷바라지를 한 배우자에게도 일부 기여도가 있기에 장래 소득을 나누거나 재산분할 비율을 높이는 방법을 생각해 볼 수 있다.

법원에서도 부부가 같이 마련한 공동 재산에 대해 아내에게 절반의 기여도가 있음을 인정하는 추세이고, 외국의 경우에는 부부재산공유 제도를 채택한 나라도 있다. 이처럼 남녀를 떠나서 각자 홀로서기를 하는 데 도리와 의무를 다할 수 있게끔 법이 뒷받침해 주어야 할 것이다.

사랑하다가도 마음이 식으면 얼마든지 헤어질 수 있다. 그러나 그 이후 한 사람의 삶이 파탄 나면 과연 나머지 한 사람도 행복할 수 있을까? 헤어질 때 헤어지더라도 서로의 삶을 다시 시작할 수 있도록 현명한 이별을 고민해야 한다.

황혼 이혼과
여자의 뇌

폐경기가 지나면 여자의 뇌에서 엄청난 호르몬 변화가 일어난다.
에스트로겐과 옥시토신 분비가 줄어들면서 평화를 유지하기 위한
배려의 마음이 감퇴된다.

결혼한 지 수십 년이 지나 노년의 나이에 이혼하는
것을 황혼 이혼이라고 한다. 우리나라는 전체 이혼에서 황
혼 이혼이 차지하는 비율이 30% 가까이 되는데, 전 세계적
으로 높은 편이다. 연세가 지긋하게 드신 분들이 사무실을
찾아와 상담하는 것 중 대다수가 황혼 이혼인 것을 보면 알
수 있다.

황혼 이혼은 왜 늘어나는 것일까? 수십 년을 참고 살
아온 여성들은 왜 뒤늦게 이혼하려는 것일까? 나는 '여자의
뇌'에 대한 과학적 분석을 통해 그 이유를 추적해 보았다.

신경정신과 의사인 루안 브리젠딘이 쓴《여자의 뇌,
여자의 발견》(리더스북, 2007)이란 책이 있다. 30년 동안의

임상경험을 바탕으로 '여자의 뇌와 남자의 뇌는 근원적으로 차이가 있는가?'에 대한 답을 쉽게 풀어 놓은 책이다.

이 책에 바우새에 대한 이야기가 나오는데, 꽤나 인상적이다. 수컷 바우새는 암컷에게 특이한 방식으로 구애를 하는데, 바로 둥지를 짓는 것이라고 한다. 암컷은 짝을 지을 때 가장 아름답고 튼튼한 둥지를 짓는 수컷을 선택한다.

브리젠딘의 말에 따르면 여자들은 자신의 경제적 능력과 상관없이 남자를 볼 때 애인보다는 남편감으로 적당한지를 먼저 판단한다고 한다. 남자는 한 번의 성행위로 여자를 임신시키고 떠날 수 있지만, 여자는 9개월 동안 태아를 품고 위험을 감수하며 출산하고 몇 개월에 걸쳐 수유를 하고 그 이후로도 아이를 계속 보살피기 위한 힘든 과정들을 겪어야 하기 때문이다. 그래서 여자들은 남자가 자신과 태어날 아이를 보호해 주지 못할 것 같으면 관계를 포기하고 이혼을 선택할 확률이 높아진다는 것이다.

여자들이 선천적으로 가지고 태어나는 '여자의 뇌'는 임신, 출산, 아이와의 스킨십과 같은 육체적 신호를 통해 '엄마의 뇌'로 변화한다. 엄마의 뇌로 활성화되고 방대한 옥시토신에 힘입어 모든 신경회로들을 '엄마답게' 만들고 강화한다. 이러한 뇌의 변화는 여자들이 인생의 우선순

위를 변화시키도록 동기를 부여하는 한편, 매우 적극적이면서도 조심스러운 보호 본능을 갖도록 만들어 준다.

이뿐만이 아니다. 공간적 기억력이 좋아지고 유연함과 적응력이 높아지며 매우 용감해진다. 이렇게 변화한 '엄마의 뇌를 가진 여자들'이 직장생활을 다시 시작하면 아기와 물리적으로 분리되어 '금단' 증상을 경험하게 된다고 한다. 불안과 두려움, 심지어는 극단적인 공포에 휩싸이기도 한다. 아이와의 접촉이 없어지면 엄마 뇌에서 스트레스를 억제시키는 옥시토신 수치가 떨어지기 때문이다. 그래서 일하는 엄마들은 어느 정도 '분열'을 경험한다. 이런 분열은 양육에 대한 집중력을 떨어뜨리고 우울증에 빠져 아이까지 심각한 위기에 놓이게 할 수 있다. 따라서 과학적으로 볼 때 일하는 엄마가 양육을 잘하기 위해서는 주변의 도움이 절대적으로 필요하다.

한편 여자는 오감이 아니라 육감을 갖고 있다. 육감을 통해 여자는 상대의 손짓 하나, 눈길 하나에서도 미묘한 심리 변화를 파악하고 읽어낸다. 남자는 경쟁을 즐기는 반면, 여자는 갈등을 두려워한다. 여자는 조화로운 관계를 파괴하지 않기 위해 교감하고 공감하며 배려하는 능력을 발전시키는데, 이것은 사회적 약자의 생존 전략에서 비롯된 것이다. 육체적으로 강자인 남자의 비위를 건드리기보다는 대화로 풀어가는 것이 유리하다는 학습적 경험이 오랜 진화 과정에서 여자의 유전자에 새겨졌기 때문이다. 이런 뇌로 여자들은 아이들을 양육하고 가정을 유지한다.

그런데 폐경기가 지나면 여자의 뇌에서 인생 마지막으로 엄청난 호르몬 변화가 일어난다. 에스트로겐과 옥시토신 분비가 줄어들면서 평화를 유지하기 위한 배려의 마음이 감퇴되는 것이다. 무조건적인 희생은 그만하겠다는 생각이 들고, "이제 밥은 먹고 싶은 사람이 알아서 차려 먹어요."라고 말하게 된다. 인생의 규칙이 다시 세워지는 것이다. 그러니 과학적으로 바라봤을 때 황혼 이혼 증가는 어쩌면 자연스러운 현상이다.

황혼 이혼 소송에서 남편들은 "아내를 도통 볼 수가 없어요. 밥을 차려 주기는커녕 집에 들어오질 않아요.", "아내가 호랑이같이 무서워요." 하면서 하소연을 한다. 부부의 대화 내용을 들여다보면 남편은 갑작스러운 아내의 변화에 주눅 들어 있고 이혼을 두려워한다. 그렇다고 아내의 변화를 요란스럽게 바라볼 것은 아니다. 자연스러운 생체 리듬의 변화에 의한 결과로 받아들여야 한다.

황혼 이혼을 원하던 아내들도 남편에게 인정과 이해

를 받는다고 느끼면 이혼 소송을 취하하기도 한다. 예를 들어 남편이 집을 공동명의로 해주고, 빨래와 청소도 나누어 하고, 밥도 스스로 챙겨 먹기로 약속하자 소송을 취하하는 경우도 있었고, 평생 자존심을 짓밟는 인격모독적인 말을 해오던 남편이 눈물을 흘리며 반성하자 이를 받아들이고 용서하는 경우도 있었다.

요즘엔 나도 남자가 되어가는 것 같다고 농담처럼 말한다. 내게도 어느새 뇌의 변화가 오기 시작한 것이다. 한참 동안 엄마의 뇌로 살았다면, 이제 새로운 '나'라는 정체성을 찾고 사회의 동등한 일원으로서의 삶을 살고 싶다.

어찌 보면 여자의 일생은 50대부터 다시 시작된다고 할 수 있다. 그러니 황혼을 같이 맞이하는 부부는 이러한 상태를 서로 알아주며 존중하는 지혜가 필요하다. 그동안 부부 사이에 은연중에 생겼던 규칙을 완전히 뒤집어야 한다. 그런 각오로 서로의 변화를 바라봐 주어야 황혼 이혼을 피할 수 있다.

스스로
선택하는 삶

자신이 원하는 삶을 선택할 수 있는 힘, 내가 원하지 않는
상황이 오면 이를 끊고 나올 수 있는 힘을 가져야 한다.

인간은 평등하다고 하지만, 현실에서는 늘 강자와 약자가 있고, 갑과 을이 있으며, 우위를 점하는 자와 끌려다녀야 하는 자가 있다. 심지어 사랑해서 결혼한 부부 사이에도 누가 주도권을 잡느냐가 중요한 이슈가 된다. 인간 관계에서 밀당을 잘해 상대방을 쥐락펴락하는 사람이 능력 있는 사람으로 인정받는다. 누구나 평등하고 싶고, 서로 양보하며 배려하고 싶고, 경쟁하지 않고 마음 편한 관계를 유지하기를 원하지만, 그렇게 안 되는 것이 사회 현실이다.

나는 이혼 변호사로 수많은 이혼 상담을 해 오면서 사회 관계가 아닌, 부부 관계에서 갑질이 난무하는 것을 여러 번 목격했다. 덜 사랑하는 사람이 힘을 갖게 되고, 경제

적 능력이 있는 사람이 권력을 휘두르는 부부 관계. 거기서 대부분 약자에 처하게 되는 존재가 아내이다.

2015년 2월 간통죄가 헌법재판소의 위헌 결정으로 폐지되면서 세상을 놀라게 했다. 그리고 같은 해 6월에는 바람난 배우자나 폭행한 배우자도 이혼 청구를 할 수 있는 파탄주의로 바꾸기 위해 대법원이 공개변론을 열었다. 나는 공개변론에서 아내 편 소송 보조인으로 지정되어 유책주의가 유지되어야 하며 바람피우거나 폭행한 사람의 청구를 받아들여서는 안 된다는 입장으로 변론에 참여했다.

당시 사건의 내용은 이러했다. 남편은 20년 전에 바람난 여자와 동거를 하고 있었고, 아이도 낳아 혼외 자식을 둔 상태였다. 그리고 최근에 위암 수술을 받고 투병 중에 자신의 행복추구권을 위해 아내에게 이혼 청구를 했다. 그는 자신이 사망할 경우 조강지처에게 자신의 재산을 상속시키고 싶지 않았던 것이다. 아내인들 20년 동안 외도한 배우자와 살고 싶었겠는가. 오직 아이 때문에, 가정을 지키고 싶어서 참은 것이다. 이런 바람을 저버리고 자기 행복을 찾아 이혼하겠다고 하는 사람의 행복추구권을 존중해야 하는가?

이러한 파탄주의에 대한 방어 논리를 펼치기 위해 나는 동료 변호사와 두 달 동안 날밤 새워 가며 준비를 했다. 해외 사례와 수많은 논문을 뒤지며, 타당한 논리의 틀을 만들어 나갔다. 유책 사유가 있는 남편의 행복추구권은 무시해서는 안 되겠지만, 그의 행복추구권이 버림받는 배우자와 자녀의 생존권을 위협한다면, 제한을 두어야 마땅하다는 것이 나의 주장이었다.

보통 경제적으로 여유가 있는 배우자가 외도를 하는 경우가 많다. 같이 고생한 배우자는 나중에 버림을 받는다. 이혼을 하게 되면 그 시점을 기준으로 재산분할을 해야 하는데, 이혼 후 부양제도에 대한 대책이 없기 때문에 지금껏 고생하며 살아온 배우자는 함께 이룬 재산에 대한 권리를 주장하지 못하게 된다. 아이들도 양육비를 못 받는 경우가 허다해, 결국 이혼당한 배우자만 생활고에 시달리게 된다.

다른 나라와 달리 우리나라에는 협의이혼 제도가 있다. 정말 두 사람이 각자의 행복을 위해 이혼하기를 원한다면 양쪽 모두가 행복할 수 있는 경제적 여건을 만들고 서로 양보하며 이혼하는 평화적인 방법도 존재하는 것이다.

나에게 주어진 시간은 달랑 7분이었다. 이 짧은 시간에 이미 파탄주의로 마음을 굳힌 대법관들의 마음을 되돌려야 했다. 나는 내 의뢰인을 위해, 또 일방적으로 갑에게 당하는 약자들을 위해 온 힘을 다해 변론했다. 다행스럽게도 파탄주의가 아닌 유책주의로 결론이 났다. 하지만 기쁨도 잠시, 그 비율이 6:7이라는 점이 영 찝찝했다. 언젠가 또 이런 사건이 생기면 7:6으로 뒤집어지지 않으리란 법이 어디 있겠는가.

그나마 자녀들이 성인이 되어 독립하면 큰 문제가 없다. 하지만 어린 자녀들을 데리고 무일푼으로 길에 나앉게 되는 아내는 막다른 골목으로 내몰린 것이나 다름없다. 무방비 상태에서 갑자기 이혼을 강요당한다면, 그 충격이 얼마나 크겠는가. 집안 살림만 하며 남편 뒷바라지에 올인했던 아내가 갑자기 이혼을 당하고, 당장 경제적 활동을 할 수 없는 상태에서 아이들 양육까지 맡게 되면 어떻게 살아갈 수 있겠는가.

이런 일이 일어나서는 안 되겠지만, 만약을 대비해 여성들도 주체적으로 자신의 삶을 선택할 수 있는 힘을 키워야 한다. 경제력 자립이 가장 중요하니, 돈을 벌 수 있는 방법들을 나름대로 찾아야 할 필요가 있다.

마틴 포드의 《로봇의 부상》(세종서적, 2016)이라는 책을 보면 그동안 인간들이 하던 단순 작업을 대부분 로봇이 대체하게 된다는 이야기가 나온다. 이것은 먼 미래의 일이 아니다. AI가 등장하면서 역사 저편으로 사라질 직업들이 계속 열거되고 있다. 이러한 위협은 남성이나 여성이나 크게 다르지 않겠지만, 당장 단순 작업으로 돈을 벌어야 하는 여성들은 일자리를 잃게 될 가능성이 높다.

이제 세상은 여성들에게 요구하고 있다. "정말 동등하게 대우받을 준비가 되어 있는가? 그렇다면 의무도 동등하게 져라."라고. 여성이 남성과 동등하게 의무를 져야 한다면, 혼인 중 재산을 공동으로 취득하는 법제를 만들고, 국가가 개입하여 이혼한 부부의 자녀 양육비 제도를 만드는 것이 절실하다. 이런 환경이 만들어져야 여성도 사회에서 홀로서기를 제대로 할 수 있다.

더 근본적으로는 여성들이 자신이 원하는 삶을 선택할 수 있는 힘을 갖추는 것이 필요하다. 언제든 내가 원하지 않는 삶의 상황이 오면 이를 끊고 나올 수 있는 힘을 가져야 한다. 내가 참고 싶지 않을 때 참지 않겠다고 말할 수 있어야 하는 것이다.

상담을 하다 보면 무조건 상대방에게 양보하고 일방적으로 희생하는 분들이 있다. 여태껏 자기 중심으로 선택하고 살아 보지 않았기에 그런 삶을 마치 죄처럼 여긴다. 이제 그런 희생을 끌어안아서는 안 된다. 자기 삶을 선택하는 연습을 하고, 준비해야 한다. 경제적인 능력을 키우고,

마음을 단단하게 다져 나가야 한다. 우위를 점하고 있는 배우자에게서 벗어나 객관적인 판단을 하기 위해서는 내가 독립적으로 설 수 있어야 한다.

나를 사랑하지 않는 사람을 원망하며 기다릴 필요가 없다. 그는 내 사랑을 받을 자격이 없는 사람이다. 그 시간에 나를 더 돌아보고, 나를 더 사랑하는 것이 좋지 않을까?

힘이 있는 자가 양보를 하지 않는 이상, 힘 없는 자는 끝까지 굴종과 강요를 겪을 수밖에 없다. 내가 원하는 삶이 아님을 당당히 밝히고, 지금껏 살아온 삶을 그만두겠다고 선택하여 상대방이 나를 두려워하게 만들어야 한다.

내가 원하는 것을 밝히자. 말하지 않으면 아무도 모른다. 나를 짓밟지 말라고, 나를 무시하지 말라고 소리치자.

아이들이라는 굴레에서도 벗어나자. 아이들에게 보여 줘야 할 부모의 모습은 스스로 선택하고 자기 삶을 꾸려 나가는 모습이다. 부모가 잘못된 삶에서 벗어나지 못하고 헤매면 아이들도 똑같이 고통받고 부모를 원망하게 될 것이다. 그러므로 내 삶을 스스로 선택할 수 있는 준비를 매일매일 해야 한다.

초콜릿에 다양한 재료들이 섞이는 순간,

서로 어우러지면서 새로운 맛이 탄생한다. 인생도 그러하다.

5부

초콜릿 블렌딩 같은
삶을 위하여

내가 아닌
우리

만족스러운 결혼생활을 영위하는 부부는 그들의 과거를
이야기할 때 '우리'라는 말을 많이 사용한다.

살면서 '행복'에 대해 많이 생각한다. 매 순간 행복한 사람이 되고 싶다는 것이 나의 첫 번째 소원이다. 그래서 행복해 보이지 않는 사람을 보면 유독 측은지심이 생기고, 그 사람의 고민을 들어주게 된다. 변호사이지만 부부상담가처럼 상담을 많이 하는 것도 어쩌면 이런 이유 때문인지도 모른다.

조나 레러의 《사랑을 지키는 법》(21세기북스, 2017)이란 책을 보면 여러 심리학자들이 52쌍의 부부를 인터뷰하면서 과거를 설명하고 대화하는 방식을 통해 이혼 가능성을 알아맞혔다는 이야기가 나온다.

부부의 대화에서 어떤 점이 이혼 가능성을 알아맞히는 결정적 요인으로 작용했을까? 그것은 그들이 겪은 희로애락에 관한 경험담을 더 큰 사랑과 구원의 이야기로 풀어 나가는 것이었다고 한다. 행복한 부부는 그들이 행복했던 시절만 이야기하지 않았다고 한다. 그들은 어려움 가운데서도 긍정적인 면을 찾는 특성이 있었다. 자신들의 힘들었던 경험을 통해 부부관계가 더 돈독해지고 행복한 결혼생활을 꾸려 나간 과정을 이야기했다는 것이다.

또 중요한 변수는 '우리'라는 느낌이었다고 한다. 만족스러운 결혼생활을 영위하고 있는 부부는 그들의 과거를 이야기할 때 1인칭 복수 대명사를 많이 사용했다. 그들은 과거의 힘들었던 사건이 개인이 아닌 '부부'에게 어떻게 영향을 미쳤는지에 중심을 두고 이야기했다. "우리는 견디는 법을 배웠어요", "우리에게 힘든 시간이었죠", "우리는 이겨 냈어요" 등과 같이 이야기했다는 것이다.

우리 중 누가 "내 인생은 항상 행복해요!"라고 자신 있게 말할 수 있을까? 겉으로 보기에 행복해 보여도 깊이 들어가 보면 누구나 힘든 고난과 고민들이 있다. 찰리 채플린이 말한 것처럼 멀리서 보면 희극이고, 가까이서 보면 비극인 것이 우리네 인생이다. 그런 인생에서 과거를 아름답게 추억하는 힘은 어디서 나오는 것일까? 어떻게 삶에 찾아온 고난을 좋은 추억으로 만들 수 있을까?

심리학자들의 답은 '힘들었던 시절을 극복할 수 있도록 도와준 사람들의 존재'였다. 사람들이 스스로 안정된 애착 관계를 얻을 확률은 거의 없다고 한다. 사랑에 대한 경험이 지난 시절의 의미를 바꿔 놓을 수 있음을 의미하는 것이다.

인생은 예기치 못한 사건들로 가득하다. 그런데 부부가 함께 힘든 사건들을 넘어간다면 그 고통은 더 이상 트라우마나 괴로운 기억이 아닌, 아름다운 추억으로 변하고, 부부의 사랑은 더 견고해진다.

어느 날 남편이 건강검진 결과 뇌동맥류 진단을 받아 정밀검사를 하러 병원에 함께 간 적이 있었다. 조영제를 뇌에 주입하여 촬영하는 검사였는데, 의사가 태연한 얼굴로 "이 검사는 잘못되면 죽을 수도 있습니다. 보호자가 동의서에 사인해 주셔야 합니다." 하는 것이었다. 나는 떨리는 손으로 간신히 사인을 하고, 밤새 남편 옆을 지키며 펑펑 울었다. 남편이 이 세상에 없다는 생각을 하니, 갑자기 깊은 슬픔이 파도가 되어 밀려온 것이다. 그 감정을 주체하지 못하고 울고불고 한 그때의 나를 떠올리니 좀 부끄럽기도 하다.

한때는 남편이 너무 미워 이제 그만 헤어지자는 말을 꺼낸 적도 있었다. 이혼합의서에 사인해 달라고 종이를 내민 적도 있었다. 남편은 그런 나에게 아무 말도 하지 않았다. 위자료로 3천만 원을 달라고 했더니 남편은 2주의 시간을 달라고 했다. 그리고 2주가 지난 뒤 나에게 말했다.

"나한테 3천만 원이 없어서 이혼을 못하겠는데?"

나는 그 말에 피식 웃고 말았다. 그리고 그 이후로 이혼이라는 단어는 입 밖에도 꺼내지 않는다. 3천만 원이 없어서 이혼을 못한다는 어이없는 변명을 이유라고 만들어 온 남편의 대답 속에서 흔들리던 믿음과 신뢰가 회복되었기 때문이다. 내 응석을 다 받아 주는 이런 착한 남편이 또 어디 있겠는가!

나와 남편이 서로 '우리'라고 말하는 것에 대해 생각해 보려 한다. '우리'라는 주어로 부부의 삶이 이야기된다면, 헤쳐 나가지 못할 일이 없을 것 같다.

풍경기억상실

살아 보니 당연한 것은 없다. 당연하다고 생각하는 순간,
나는 과거에 머무르며 퇴보하는 사람이 될 것이다.

《총, 균, 쇠》(문학사상, 2005)의 저자 재레드 다이아
몬드의 다른 책《문명의 붕괴》(김영사, 2005)를 보면 재미
난 이야기가 나온다. 만년설로 유명한 고향을 40여 년 만에
찾은 사람이 있었다. 그는 산꼭대기에 쌓여 있던 눈이 지구
온난화로 거의 녹고 없어진 것을 보고 깜짝 놀라고 말았다.
그런데 고향을 한 번도 떠나지 않은 토박이 친구들은 눈이
사라지고 있었다는 사실을 모르고 있었다. 오랜만에 고향
을 찾은 친구의 이야기를 듣고 나서야 겨우 만년설을 떠올
린 것이다. 이를 '풍경기억상실'이라고 한다.

풍경을 매일 보던 사람은 어제와 오늘의 차이가 미
미하여 변화를 인지하지 못하고 어느 순간 풍경이 사라져

버려도 아무런 감각이 없다고 한다. 그렇다면 나는 어떤 풍경을 놓치며 살고 있을까? 어떤 풍경이 내 기억 저편으로 사라지고 있을까? 가랑비에 옷 젖듯 조금씩 변하는 것들을 놓치고 살다 보면, 어느새 크게 바뀐 변화에 깜짝 놀라고, 생경한 현실에 충격을 받을지도 모른다.

매 순간을 민감하게 느끼며 관찰하지 않는다면, 어제의 나와 오늘의 나를 영영 잊고 살 수도 있다. 조금씩 변하는 온도차를 못 느끼다가 산 채로 뜨거운 물에서 익어 버리는 냄비 속 개구리처럼 말이다.

결국 매일의 변화를 감지하는 센서를 작동하기 위해서는 끊임없이 과거와 미래를 가늠해 봐야 하는데, 이를 알려면 시야를 넓혀야 한다. 중국 당나라 시인 왕지환의 시 '등관작루登鸛雀樓'에 '욕궁천리목 갱상일층루欲窮千里目 更上一層樓'라는 구절이 나온다. 천리를 보고자 하면 다시 한 층의 계단을 올라야 한다는 것이다. 이처럼 큰 시야를 가져서 시간의 흐름을 훑어 읽어 내고 맥락을 짚을 줄 알아야 한다. 그러기 위해서는 인간의 역사, 자본주의 역사, 돈의 역사, 전쟁의 역사, 문명의 역사를 공부해야 한다. 공부하며 전체를 펼쳐봐야 오늘이 보이고, 오늘의 변화가 내일이 되니, 풍경기억상실을 피할 수 있지 않을까?

살아 보니 당연한 것은 없다. 당연하다고 생각하는 순간, 나는 과거에 머무르며 퇴보하는 사람이 되어 버릴 것이다. 지금도 계속 바뀌고 있는 내 주변 세상에 눈을 열고, 귀를 열고, 마음을 열어야 한다. 겨울에는 눈이 오고, 그다음에 봄이 오면 벚꽃이 피겠지, 하다가도 작년의 눈과 올해의 눈이 다르고, 작년의 벚꽃과 올해의 벚꽃이 다르다고 생각하면 내가 보내는 시간들의 무게가 다르게 다가온다. 세상은 지금도 무섭게 변하고 있고, 끊임없이 진화하고 있다. 그것을 민감하게 느끼며 받아들이기 위해 나는 오늘도 나의 온 감각을 열어 놓는다.

끌어안아야 할
외로움

나는 내 삶에서 외로움이라는 감정과 친숙해지고,
그것을 내 일부로 받아들이며 나의 길을 나아간다.

　　　대학 시절 친정 엄마가 나를 데리고 점을 보러 간 적이 있었다. 아마도 엄마가 운영하던 식당이 잘 안 되고, 큰딸인 나도 고시에 자꾸 떨어지자 고민이 되셨던 모양이다. 점쟁이는 엄마가 앉자마자 "아이고, 외로운 인생이구먼. 얼마나 힘들었을꼬."라고 말했다. 그 한마디에 엄마는 눈물을 주르륵 흘리셨다. 나도 흐느끼던 엄마의 등을 바라보며 한없이 울었다. 엄마의 외로움을 미처 알아채지 못한 미안함에, 또 나 자신의 설움에 눈물이 쏟아졌다. 그날 나의 힘듦과 외로움은 엄마의 눈물과 함께 위로를 받았던 것 같다.

　　　외로움은 어린아이들도 다르지 않은가 보다. 어느 날 첫째 딸이 나랑 같이 산책을 하다가 말했다.

"엄마, 나 너무 외로워."

"뭐? 네가 왜 외로워?"

"나는 시험 공부한다고 밤새 불 켜고 공부하는데, 엄마 아빠 동생들은 다 쿨쿨 자고 있잖아. 그래서 혼자 공부하는 내가 너무 외롭고 처량하게 느껴지는 거야. 엄마, 오늘은 내 옆에 있어 줘. 외로운 게 싫어."

나는 딸아이의 말에 내심 놀랐다. 어리게만 봤던 아이가 훌쩍 커 버린 느낌이 든 것이다.

"에구, 우리 딸 외로웠구나. 그래, 오늘은 엄마가 안 자고 네 옆에 있어 줄게. 근데 정말 옆에서 자도 좋아? 코 골아도 돼?"

"응. 엄마가 있는 것만으로도 위로가 돼."

나는 고시원에서 사법시험 공부를 하며 지내던 때가 참 외로운 시절이었는데, 내 딸이 벌써 그 외로움을 느끼고 있구나 생각하니 마음이 짠했다. 그 마음을 누구보다 잘 알기에 나는 딸이 밤새 공부하는 날이면, 같이 옆에서 책을 읽거나 공부를 봐 주거나 문제를 내 주기도 하고, 그러다 잠이 들기도 한다.

사실 나의 외로움은 일찍부터 시작되었다. 전라남도 함평에서 나고 자란 나는 부모님을 졸라 초등학교 6학년 때 큰 도시인 광주로 전학을 갔다. 시골에서 아무리 잘해도 우물 안 개구리라는 아버지의 말에 자극을 받아, 내가 얼마나 공부를 잘하는지 보여 드리고 싶었던 것이다.

온 가족이 광주로 이사를 갈 수 없어서 나는 어린 나이에 하숙을 하게 되었다. 부모님은 나 혼자 학교까지 버스 타고 다니는 법을 가르쳐 주셨고, 주인 아주머니에게 나를 맡기시며 어른 말씀 잘 듣고 있으라고 신신당부를 하셨다.

그날 밤 부모님이 고향으로 내려가고, 덩그러니 방 안에 혼자 남아 잠을 청하려 했던 순간이 아직도 잊혀지지 않는다. 낯선 곳에서 잠이 올 리가 없었다. 이불 속에서 계속 뒤척이고 있는데, 사각사각하는 소리가 어렴풋이 들렸다. 눈을 번쩍 뜨고 불을 켰더니, 주먹만 한 바퀴벌레가 재빠르게 움직이는 것이 아닌가. 그때 처음으로 바퀴벌레를 본 나는 순간 깨달았다. 저 바퀴벌레를 죽여야 하는 사람은 나뿐이라는 사실을.

그때부터 무엇이든 스스로 해야 한다는 생각이 뇌리에 박혔다. 1년 뒤에는 동생까지 하숙을 하게 되면서 나는 동생의 보호자 노릇을 했다. 상황이 이렇다 보니 무슨 일이든 내가 알아서 챙기고 해결해야 한다는 강박관념 때문에 누가 뭐라 하기 전에 미리 해 버리는 습관이 생겼다. 이런 내 모습을 보고 너무 나댄다고 하는 사람도 있었고, 남의 의견을 무시하고 자기 식대로 해버린다고 오해하며 불평을 하는 사람도 있었다. 하지만 나는 아랑곳하지 않고 내 삶에서 외로움이라는 감정과 친숙해졌고, 그것을 내 일부로 받아들이며 내 갈 길을 묵묵히 나아갔다.

아무리 사랑하는 남편이 옆에 있어도, 입덧하고 배가 불러와 허리가 아프고 산통을 겪으며 아기를 낳는 것은 나이기에 그 고통을 오롯이 내가 짊어져야 했다. 변호사 사무실을 운영하는 것도 내가 대표이기에 직원들을 책임지고 품어야 했다. 다른 누군가를 의지할 일이 아니었다. 누군가가 나를 대신할 수도 없었다. 외롭지만 내가 끌어안고 가야 할 일들이었다. 나를 구할 사람은 나밖에 없었다. 외로움이 십자가처럼 버거웠던 나에게 정호승 시인의 '수선화에게'란 시는 큰 깨달음과 위로를 주었다.

울지 마라

외로우니까 사람이다

(중략)

가끔은 하느님도 외로워서 눈물을 흘리신다

나만 힘든 줄 알았는데, 신도 외로움을 느끼다니! 난 여태껏 내 손바닥의 가시가 제일 아프다고 투정만 부려 온 어린아이였다. 이후 나는 외롭고 힘든 감정을 다른 사람에게 풀며 징징거리는 것을 멈추었다. 원래 사람은 외로운 존재임을 온전히 받아들인 것이다.

　　헤밍웨이의 《노인과 바다》에 나오는 어부 산티아고가 바다 한가운데서 홀로 상어 떼와 외로운 싸움을 벌인 것처럼 우리는 인생의 바다에서 상어 떼들과 외로운 승부를 펼쳐야 한다. 내 손이 찢겨 나가도, 내 살점이 뜯겨 나가도, 철저히 그것을 받아들이고 즐길 줄 알아야 한다.

　　인생의 외로운 홀로서기를 하는 모든 이들에게 위로를 주고 싶다. 그리고 그것을 받아들이고 즐기자고 말하고 싶다. 너무 외로워 몸서리쳐질 때 가끔씩 서로 안아 주자. 사랑하는 이들의 외로움을 위로하며 안아 주자. 그러면 그들도, 나도 한 발 내딛을 수 있는 힘을 얻게 될 것이다.

나를
만들어 가는 법

연습이 주는 힘은 크며, 두려움은 연습으로 극복해야 한다.

"소영이가 꼴찌 안 하면 소영 엄마가 한턱 내는 거예요!"

초등학교 시절 운동회가 열린 날, 내가 달리기 주자로 나가게 됐을 때 같은 반 친구의 엄마가 우리 엄마에게 한 말이다. 그런 말이 나올 법도 한 것이, 나는 체육에 영 소질이 없었다. 5학년 성적표에 체육이 '가'인 것만 보아도 알 수 있다. 그날 그 성적표를 받고 닭똥 같은 눈물을 펑펑 흘렸다. 성적표가 눈물에 젖어 꼬깃꼬깃해질 정도로…. 지금 생각하면 여섯 살에 학교를 들어가 두 살 많은 언니 오빠들이랑 경쟁한 셈이니, 이해가 간다. 게다가 평발이었으니 오죽했겠는가.

그래서 나는 운동과는 담을 쌓고 살았다. 운동을 하는 사람들은 나와 다른 사람들이며, 공부는 펑퍼짐한 엉덩이로 한다고 자기 합리화를 했다. 다행히 타고난 체력은 나쁘지 않았는지 운동을 전혀 하지 않아도 그럭저럭 버텼다.

　그런데 아이 셋을 낳은 이후로 내 몸이 예전같지 않음을 느끼기 시작했다. 몸이 찌뿌둥하니 기분도 덩달아 우울해지고, 매사에 의욕이 없는데다 스트레스 푼다고 이것저것 먹다 보니 뱃살만 불어났다. 이런 내 모습이 안타까웠는지 남편은 동네 상가에 있는 헬스클럽 회원권을 끊어 주었다. 남편의 정성을 생각해서 몇 번 나갔지만, 운동에 취미를 붙이기에 난 너무 게을렀다.

　이렇게 운동을 싫어하던 내가 중년의 나이에 접어들면서 수영을 시작했다. 여기저기 몸이 아프면서, 최대한 몸에 무리가 가지 않는 운동을 찾다가 수영을 하게 된 것이다. 킥판을 붙잡고 초보처럼 내리 왔다 갔다만 했다. 옆 라인에서 여러 가지 유형의 수영을 자유자재로 하는 고급반 사람들을 보면서 얼마나 부러웠는지 모른다. 가끔 고급반 실력자와 같은 라인에서 연습하게 되면 내가 방해가 될까 싶어 그냥 나갈까 머뭇거리기도 했다. 하지만 나는 큰 욕심을 부리지 않고, 예전부터 끌어안고 있었던 허리 통증을 낫게 하는 데에만 집중하기로 했다. 창피한 것보다 안 아픈 것이 더 중요하다고 되뇌이면서….

하루 종일 상담하고 서면을 쓰느라 의자에서 일어날 틈도 없던 나는 다리가 퉁퉁 붓고, 허리가 끊어질 듯이 아팠다. 참기 힘든 정도가 되자 시간을 쪼개고 쪼개서 수영을 하게 된 것인데, 신기하게도 수영한 날 밤에는 한 번도 안 깨고 숙면을 취할 수 있었다.

그런 내게 기적이 일어났다. 9개월 정도 꾸준히 하니까 다리 힘이 생기고 경직된 몸의 힘이 자연스레 빠지면서 킥판 없이 자유형을 하게 된 것이다. 이제는 25미터 레인을 스무 번 왕복까지 할 수 있게 되었다. 이렇게 나는 평생 할 수 있는 운동 하나를 얻었다. 미련하게 꾸준히 한 것밖에 없었는데, 그 시간들이 헛되이 흐르지 않고 나에게 큰 선물을 안겨 준 셈이다.

이 경험은 내게 또 다른 깨달음을 주었다. 사실 수영을 처음 배운 것은 대학 시절이었으니, 무려 수영을 배운 지 28년만에 자유형을 자유자재로 하게 된 것이다. 내가 다니던 대학에서는 1학년 체육 과목으로 수영과 테니스가 필수였다. 그 시절 수영의 기본 자세를 열심히 배웠지만 도통 호흡이 되지 않아 열등감에 시달렸다. 지금 생각해 보면 꾸준한 연습이 필요했던 것인데, 나는 테크닉만 빨리 익히려 했다.

각 분야에서 성공한 사람들을 분석해 보면, 그들의 역사를 구분 짓는 진정한 요소는 탁월한 재능이 아니라 그들이 누린 특별한 기회이며, 그들이 투자한 만 시간이었다는 말콤 글래드웰의 이야기가 떠오른다. 나는 그 원리를 수영을 통해 경험했다. 이 일을 계기로 더욱 자신감이 붙은 나는 서두르지 않고 힘을 뺀 채 지속적으로 연습하여 내가 이루고 싶은 일을 이루어 내리라 다짐했다.

몇 년 전부터 배우고 있는 승마도 나에게 똑같은 교훈을 주고 있다. 승마의 기본 수칙은 말 안장에 깊숙이 눌러 앉아 내가 가야 하는 방향을 미리 생각하고 시선을 둔 채 가만히 기다리는 것이다. 그러면 말이 알아서 그 방향으로 간다. 그런데도 나는 조바심이 생겨 자꾸만 고삐를 내가 가고자 하는 방향으로 당겼다. 그럴 때마다 코치는 서두르지 말라고 혼을 냈다.

서두르는 마음 안에는 두려움이 숨어 있었다. 항상 도전하는 것을 좋아하는 나이지만, 사실은 정말 느긋하게 말 타는 연습을 즐기지 못하고 있었던 것이다. 이후 다리에 힘이 생겨 자신감이 붙으니 마음의 여유가 조금씩 생기고 있다. 역시 연습이 주는 힘은 크며, 두려움은 연습으로 극복해야 한다.

이렇게 운동을 통해 나는 나를 극복하고 만들어 가는 법을 배우고 있다. 그래서 아이들에게도 운동을 독려하는 전도사가 되었다. 아이들은 자신의 운동 시간을 먼저 정한 다음, 남는 시간에 공부 스케줄을 잡는다. 일주일 가운데 월요일과 금요일은 아들과 운동하는 날이고, 화요일과 목요일에는 큰딸과 새벽 운동을 한다. 남편과는 주말에 저녁 운동을 한다. 둘째 딸은 트레이너 선생님과 PT 받는 것을 좋아해서 새벽에 같이 나와 피트니스센터로 향한다. 아이들과 함께 운동을 하니 더 많은 이야기를 나누고, 자연스럽게 정을 쌓을 수 있어서 좋다.

몸을 지키고 건강하게 만드는 것, 자신의 몸을 돌아보고 그 마음을 다스릴 시간을 갖는 것이 나를 만들어 가고, 우리 가족을 만들어 가는 중요한 시간이기에 이 연습을 게을리할 수 없다.

몰입의
기쁨

나는 내가 만능인이 아님을 잘 안다.
포기할 건 포기하고, 내가 잘하는 것에 집중한다.

변호사로서 방송에 출연하게 된 것이 어느덧 11년이
되었다. 특별함이라곤 찾아볼 수 없는 내가 어떻게 꾸준히
방송 출연을 하고 있는지 아무리 생각해도 신기하다. 2007년
KBS1 '아침마당' 프로그램에 출연한 것을 시작으로 본격적
인 방송 출연은 종편 프로그램에 참여하면서부터인 것 같다.
2013년 겨울부터 TV조선 '속사정', MBN '속풀이쇼 동치미',
채널A '웰컴 투 시월드'에 나가면서 예능에 출연하는 변호사
로 시청자들에게 알려졌고, TV조선 '법대법'에서 메인으로
활약하면서 그냥 예능만 출연하는 변호사가 아니라 생활법
률을 알리는 변호사로 인정을 받았다.

MBC 라디오 '여성시대'에서 '위기의 부부들'이란

코너를 매주 화요일마다 진행하고, KBS1 '황금연못'까지 고정을 맡게 되니, 2015년경에는 나를 변호사 양소영이 아니라 '방송인' 양소영 변호사라고 소개하는 기사가 나올 정도였다. 고정 출연 방송 외에도 한두 번 출연하는 섭외까지 합치면 일주일에 반 이상이 방송 스케줄로 채워질 지경이 되었다.

그 즈음 되자 나의 정체성에 대한 고민이 생겼다. 나는 과연 방송인인가, 변호사인가.

변호사가 방송에 출연하면 의뢰인들이 무조건 좋아할 것 같지만, 사실 그렇지 않다. 자신의 중요한 인생사를 결정짓는 문제를 의뢰했는데, 소송에 집중하지 않고 방송 출연에만 정신을 쏟는 것은 아닌지 의심의 눈초리를 거두지 않는다. 법원도 마찬가지다. 저 변호사가 과연 제대로 일을 하는지 궁금해한다.

반면 방송에 출연하면서 인지도를 높이자 변호사 수임에 도움이 되었고, 어느덧 방송 경력도 쌓여서 방송인으로서도 발돋움할 수 있겠다는 평가를 받기도 했다. 이런저런 상황들이 나에게 유혹으로 다가왔고, 혼란스러웠다.

나는 스스로에게 물었다. 나는 언제 가장 행복한가?

가만히 생각해 보니, 나는 나를 믿어 주는 의뢰인의

눈동자, 미소, 그들이 삶의 고민을 해결하고 승소할 때 가장 희열을 느끼고 행복해하는 사람임을 깨달았다. 에너지 넘치는 변호사로 억울한 사연을 가진 많은 분들에게 도움이 되고 싶은 것이 나의 바람이었다. 그렇다면 나는 방향을 다시 확실하게 정해야 했다.

마음의 결심을 내린 나는 과감히 예능 프로그램을 정리하고, 법률 지식을 전하는 방송만 남겨 놓았다. 그동안 쌓아온 인지도를 내려놓고, 프로그램을 통해 친해졌던 분들과 헤어지는 게 못내 아쉬웠지만, 더 이상 미련을 두지 않기로 했다.

거울을 보며 나 스스로를 다독였다.

'양소영, 너는 변호사다. 너는 방송을 하기 위해 나온 것이 아니라 변호사로서의 모습을 보이기 위해 나온 것이다. 방송에서 잊혀지는 것을 두려워하지 말자. 변호사의 모습을 잃는 것이야말로 큰일이다. 그렇게 되면 너는 돌아갈 자리가 없다.'

그로부터 3년 동안 나는 오로지 변호사 일에 몰입했다. 나의 결정은 다행히 나쁘지 않았다. 내가 만든 법무법인 숭인을 짧은 시간 동안 성장시켰고, 지금은 가사계에서 제법 인정을 받고 있다. 나와 일하는 사람들은 쾌적한 환경과 복지를 누리며 일하기를 바라는 마음에서 회사 복지 제도에 신경을 썼는데, 그 노력을 인정받아 일·가정양립 문화에 기여한 공로상을 받기도 했다. 가사사건과 관련한 후배들 연수는 도맡아 하고 있으니, 확실히 한 분야에서 자리매김을 했다는 생각이 든다.

한 사람, 한 장소, 한 직업, 한 활동에 몰입하면 폭넓은 경험을 할 수 없다. 그러나 깊이 있는 경험은 할 수 있다. 나는 마크 맨슨의 《신경 끄기의 기술》(갤리온, 2017)이란 책에서 저자가 말하는 몰입의 경험에 폭풍 공감을 했다. 마크 맨슨은 몰입 안에 자유와 해방이 있다고 했다. 몰입하면 사소한 일에 흔들리지 않아 결정 내리기가 쉬워지고 두려움도 사라진다는 것이다.

스티브 잡스는 매일 같은 옷을 입었다. 옷을 선택하고 고민하는 시간을 줄이고 자신의 일에 몰입하고자 했기 때문이다. 나는 대학 시절 학교 앞 분식점에서 김치순두부를 5년간 사 먹었다. 변호사 초창기에 산 옷을 줄창 입으면서 목표가 달성될 때까지 옷을 사지 않았다. 지금도 특별한 일이 없으면 사무실 옆 식당에서 점심을 먹고, 회식도 그곳에서 한다. 옷도 한 브랜드만 입는다. 더 맛있는 식당, 더 예쁜 브랜드를 찾을 수도 있겠지만, 나에게 딱 맞는 것이면 더 이상 고민하지 않는다. 쓸데없는 고민에 시간 낭비하고 싶지 않기 때문이다.

돌이켜 보면 나는 선택의 기로에서 너무 고민하지 않고, 과감한 결단을 내렸던 것 같다. 그리고 그 선택에 대한 후회는 없다. 나는 만능인이 아님을 잘 알기에 포기할 건 일찌감치 포기하고, 내가 잘하는 것에 집중했다. 또 가끔은 내가 진정 이루고 싶은 것이 무엇인지 진지하게 고민하고, 그 길을 살피며 꾸준히 걸어왔다.

세상에는 갈 곳도 많고, 할 것도 많고, 먹을 것도 많고, 볼 것도 많다. 좋은 사람도 많고, 만나보고 싶은 사람도 많다. 이것도 잘하고 싶고, 저것도 잘하고 싶다. 하지만 나는 그것들을 쫓아다니며 우왕좌왕하다가 생을 마감하고 싶지는 않다. 하나에 몰입하며 그 느낌을 오롯이 만끽하는 기쁨이 좋기 때문이다.

사랑도 마찬가지다. 내가 선택한 사람, 내가 사랑하게 된 사람과 사랑할 시간도 부족하다. 나를 좋아하는 사람과 같이할 시간도 부족하다. 나는 사랑하는 가족과 오래 살고 싶다. 내가 아끼는 직원들과 오래 함께하고 싶다. 이런 좋은 사람들이 내 곁에 있기에 나는 그들에게 집중하고 몰입할 것이다.

내가 잘하는 일을 더 잘하려고 할수록 재미가 커진다. 또 내가 사랑하는 사람을 더 사랑하려고 할수록 기쁨이 커진다. 황금이 묻혀 있는 곳은 깊다. 우리는 몰입하여 더 깊이 들어가야 한다. 그래야 빛나는 황금을 발견하는 기쁨을 누릴 수 있다.

살다가 보면

살다가 보면 우리는 넘어지지 않을 곳에서 넘어지고,
눈물 흘리지 않을 곳에서 눈물을 흘린다.
하지만 그 고비를 지나면, 삶이 더 단단해진다.

얼마 전 마음에 와닿는 시 하나를 발견했다. 이근배 시인의 '살다가 보면'이라는 시다. 이 시를 읊으면서 내 가슴을 파고드는 부분이 있었다.

살다가 보면
넘어지지 않을 곳에서
넘어질 때가 있다

예상치 못한 순간에, 어이없는 시점에서 넘어지게 되면 헛웃음부터 나온다. 이래서 인생이 얄궂다고 하는 것일까? 그런 일은 기쁘고 좋은 일들이 이어지면서 잠깐 방심하는 찰나에 불현듯 찾아온다.

일에서도 가정에서도 승승장구하며 나의 소임을 다하고 있다는 성취감에 취해 있을 때 갑자기 막내가 원인 모를 두통에 시달렸다. 그냥 두어서는 안 되겠다고 판단한 나는 막내를 데리ᄀ 병원에 갔다. 검진 결과 뇌에 특별한 문제는 없고, 기면증이라는 진단을 받았다.

"네? 제 아들이 기면증이라고요?" 나는 잠시 현기증이 나는 것 같았다. 기면증은 심한 경우 길을 가다가 쓰러져 잠이 드는 병인데, 아직 치료제가 없는 불치병이란다. 담당 의사는 다행히 정도가 심하지 않으니 조심하면 된다고 했지만, 우울증을 동반할 수 있고, 갑자기 심각해질 수도 있다고 해서 나는 눈앞이 캄캄하기만 했다.

일을 하면서도 아들 생각에 눈물이 났고, 운전을 하다가도 하염없이 눈물이 흘러내렸다. 하루아침에 하늘이 무너져 내리는 듯한 절망감에 휩싸인 나는 신적 존재가 나를 겸손히 무릎 꿇리는 것 같은 기분이 들었다. 신에게 등짝을 한 대 얻어맞고 난 나는 정신이 번쩍 들었다.

내 아들이 왜 이런 병에 걸린 걸까? 나는 애써 기억을 더듬었다. 모든 화살이 나를 향해 있는 것 같아 미칠 듯이 괴로웠고, 이 상황을 극복해야 한다는 조바심에 아들을 더 채근하기도 했다. 건강이 안 좋은 아이를 밤새 붙잡고 울기도 하고, 학원에 가기 싫다는 아이를 혼내며 억지로 학원에 보내기도 했다.

아들의 기면증을 인정하기 싫었고, 내 잘못이라는 괴로움에서 벗어나고 싶었다. 마치 아무 일도 없는 것처럼 그렇게 살고 싶었다. 그래서 더 아들을 다그쳤다. 별일 아니라고, 정신 똑바로 차려야 한다고. 그런데 돌이켜 생각해 보니 내가 정신을 똑바로 차려야 했다. 조바심과 걱정에 초조해진 나 자신이 부끄러워졌다.

심호흡을 하고 조금 천천히 가기로 했다. 이 시련을 아들과 함께 받아들이기 위해 시간을 갖기로 했다. 그런 노력이 나를 안정되게 했고, 아들도 그런 나를 받아들이게 되었다.

잠이 많고, 매사에 의욕이 없고, 짜증만 내는 아들의 모습을 걱정하며 어떻게든 고쳐 보려고 했는데, 기면증이라는 진단을 받고 나니 오히려 아들은 안심하는 눈치였다. 자신이 아파서 그런 거였다는 사실에 안도하고, 언제든 고칠 수 있다는 희망을 갖게 된 것 같았다. 이 일로 아들과 나는 서로를 더 이해하는 끈끈한 사이가 되었다. 아들은 짜증이 줄고 엄마 이야기를 잘 들어주는 착한 아이가 되었다. 엄마 아들 13년차라고 농담까지 하면서 나를 걱정하고, 자신이 아픈 것은 엄마 때문이 아니라며 의젓하게 말했다. "엄마, 나 때문에 변호사 그만두면 안 돼요. 하루 종일 엄마 잔소리 들으면 내가 더 힘들어. 나는 좋아질 거예요. 그러니 걱정 마세요."

이근배 시인의 시처럼 살다가 보면 우리는 넘어지지 않을 곳에서 넘어지고, 눈물 흘리지 않을 곳에서 눈물을 흘린다. 하지만 그 고비를 지나고 나면, 삶이 더 단단해짐을 느끼게 될 것이다. 살다가 보면 먼 훗날 기적같이 아들이 병을 이겨 내고 건강해질 날을 맞이할 수 있을 것이다. 살다가 보면….

이 세상의
마지막 연서

어떤 계기로 죽음과 유언을 생각하게 된다면,
그것은 인생에서 큰 터닝포인트가 될 수 있다.

몇 년도 더 지난 일이긴 하지만, 그때의 기억은 잊혀지지 않는다. 매우 낯선 나의 모습과 조우하는 경험이었기 때문이다. 셋째를 낳고 산후 조리를 하던 어느 여름날 저녁, 여느 때처럼 저녁을 먹기 시작하는데 자꾸 음식이 입으로 들어가지 않고 흘러내렸다. 혀의 감각이 없고 입이 마음대로 움직이지 않았다. 느낌이 이상했다. 무슨 일인가 싶어 화장실로 달려가 거울을 보니 얼굴 한쪽이 마비되어 이상하게 비틀어져 있었다. 나는 깜짝 놀라 그 자리에 주저앉고 말았다. 나에게 안면신경마비가 온 것이다.

부랴부랴 옷을 챙겨 입고 병원에 가서 진료를 받으니 '구안와사'라는 질환임을 알게 되었다. 뚜렷한 원인은 모르지만 바이러스 감염이나 신경염에 의한 것이라는데, 후유증이 있을 수 있으니 각별히 신경 쓰라는 주의를 받았다. 단순한 신경마비일 수는 있지만, 나는 그 일로 죽음을 생각하게 되었다. 정상적인 나의 눈, 코, 입이 내 마음대로 안 움직이고, 나의 팔과 다리가 마비된다면, 어떻게 살아갈 수 있을까? 더군다나 나에게는 올망졸망한 아이들이 셋이나 있다. 내 몸을 내가 지키지 않으면 이 행복한 가정이 한순간에 무너지겠구나 싶었다.

나는 회복하자마자 서둘러 보험에 가입하고, 만약을 대비해 가족들에게 남기는 유언장을 작성했다. 유언장을 쓰려고 책상에 앉았는데, 눈물이 주체할 수 없을 정도로 흘러내렸다. 눈이 퉁퉁 붓고 콧물도 눈물 따라 줄줄 흘렀다. 유언장을 쓰다 보니, 남편과 처음 만난 날, 연애하던 순간들, 세 아이를 낳은 순간들이 선명하게 떠올랐다. 앞만 보고 바쁘게만 살아온 내 삶을 돌아보는 시간이 되었다. 그때 쓴 유언장은 책상 서랍 깊숙이 넣어 놓았다. 눈물 범벅이 되어 우글거리는 모양 그대로.

죽음과 유언을 늘 생각하며 사는 사람은 없을 것이다. 그런데 어떤 계기로 인해 죽음과 유언을 생각하게 된다면, 그것은 인생에서 큰 터닝포인트가 될 수 있다. 요즘에는 죽음의 의미를 생각하고 유언 쓰기를 통해 자신의 삶을 돌아보는 게 유행이지 않은가. 나는 어떤 이의 죽음과 유언은 남은 가족들에게 알게 모르게 큰 영향을 미치는 걸 보았다.

한번은 가까운 지인이 갑자기 쓰러졌다가 겨우 정신을 차리셨다는 소식을 듣고 병원을 찾아간 적이 있었다. 그분은 자신의 삶이 다했다는 걸 직감하셨는지 삶의 마지막을 정리하고 계셨다. 얼마 없는 재산이지만 자신이 세상을 뜨면 남은 가족들이 재산분할로 다툴까 봐 걱정하시며, 나에게 상담을 요청했다. 나는 유언장을 작성하셔서 재산 문제를 해결하면 가족들도 받아들일 거라고 조언해 드렸다.

며칠 후 자필 유언장이 봉인된 등기우편이 사무실로 도착했다. 고인이 되신 그분의 유언장을 공개하여 집행하는 과정을 통해 참으로 세심하고 착한 분임을 새삼 느꼈다. 무엇보다 놀라운 것은 그동안 고인과 그토록 힘들게 대립하던 가족들이 그분의 진심을 알고 눈물을 흘리며 변화해 가는 모습이었다.

어느 책에선가 '유언은 우리 생의 마지막 연서'라는 표현을 읽은 적이 있다. 그렇다. 그분의 유언은 가족에 대한 마지막 연서였고, 가족들은 그 사랑을 뒤늦게 깨닫고 뜨거운 눈물을 흘렸다. 죽음을 앞둔 사람은 자신의 죽음에만

사로잡혀 두려워할 것이라 생각했는데, 오히려 세상을 떠나는 사람은 세상에 남겨지는 사람에 대한 연민과 걱정에 차마 눈을 감지 못한다는 사실을 깨달았다. 내가 떠난 뒤 가족들이 힘들어 하고 반목한다면 얼마나 가슴 아프겠는가. 유언을 남기고 떠난 그분은 마지막으로 가족들에게 사랑의 향기를 남겨 주었고, 그 향기는 영원히 지워지지 않을 것이다.

　　나의 절친인 한 친구는 몇 년 전부터 자필 유언장을 써서 나에게 맡겨 두고 있다. 물론 마음이 바뀔 때마다 매번 유언장을 바꾸기는 하지만 말이다. 결혼을 하지 않고 멋진 싱글로 사는 그 친구는 자신의 재산을 누구에게 남기고, 자신이 애지중지하는 강아지들은 어떻게 할 것이며, 기부하고 있는 단체에 얼마나 쾌척할 것인지에 대해 계속 생각했다. 그럴 때마다 그 친구의 생각이 성장하고, 진화함을 느낀다. 세상은 이런 사람들이 있기에 따뜻한 것 아닐까? 그 친구의 유언장은 '세상에 대한 연서'로 점점 변하고 있다.

　　나도 조만간 두 번째 유언장을 써 보려 한다. 내 삶과 생각은 또 얼마나 여물게 될까? 나의 사랑은 얼마나 커지게 될까? 두 번째 유언장에 담기게 될 나의 모습이 사뭇 기대된다.

운명을
바꾸는 노력

운명의 무게를 너무 무겁게 생각하지 말자!
어떤 운명도 가볍게 넘길 수 있는 배짱과 여유를 갖자.

　　운명이라는 것이 있을까? 이혼 전문 변호사를 하다 보니 인생에서 중요한 어려움에 처했을 때 어떤 결정을 내려야 할지 고민되어 역술인을 찾아 물어보았다는 분, 엉뚱하게 역술인이 남편이 바람을 피우는 것 같다고 해서 뒷조사를 했다는 분, 언제쯤 이혼 판결을 받으면 좋을지 물어보았다는 분들을 심심찮게 만난다.

　　돌이켜 보면 앞으로 무슨 일이 일어날지 몰라 겁을 먹었던 시절이 나에게도 있었다. 미래에 대한 답을 듣고 싶어 무엇엔가 매달리기도 하고, 누군가를 붙들고 질문하고 또 질문하며 그 순간을 넘겼다. 그 상대가 종교인이든 역술인이든 상관없었다. 사실 내가 듣고 싶은 답은 정해져 있었고, 나는 그것을 들어야 위로를 받고 두 다리를 뻗은 채 잠이 들 수 있었다.

　　20대 중반일 때 내 주변 친구들은 좋은 직장에 들어가거나 좋은 사람을 만나 결혼을 했다. 그때마다 나는 고시촌에서 법전과 씨름하며 자괴감을 느꼈다. 언제 붙을지 모르는 사법고시를 몇 번이고 치렀던 그 시절을 어떻게 견뎌냈는지 모르겠다. 이른 나이에 개업을 하고 나를 찾아오는 의뢰인들을 어떻게 대해야 할지 몰라 당황스러울 때도 많았다. 결혼을 하고 아이 셋을 키우는 엄마 역할을 내가 잘 해낼 수 있을지 두렵기도 했다. 중요한 재판을 앞두고 결과에 대한 스트레스로 잠 못 이룰 때도 있었다. 두렵고 떨리고 무서웠던 순간들이 참 많았다.

　　어느 날, 칼 세이건의《코스모스》(사이언스북스, 2004)를 읽기 시작했다. 처음엔 아이들을 읽히게 하려고 시작한 것인데, 그 책에 담긴 심오한 내용은 나의 운명을 다시금 생각하게 했다. 과학책을 읽으며 운명을 생각하다니, 참 아이러니하지 않은가? 저 방대한 우주와 지구의 존재를 밝히기 위해 평생을 매달린 과학자들의 집요함에 놀랐고, 인생 전부를 그것에 바친 용기에 대한 경외심이 생겼다.

　　우주에 대한 비밀이 한 꺼풀씩 벗겨질 때마다 인간

은 저절로 겸손해질 수밖에 없다. 우주 한가운데 놓인 '나'라는 인간은 얼마나 미미한 존재인가!

아직 완전히 밝혀지지 않은, 상상조차 힘든 광활한 우주, 겹겹이 쌓이는 우연이라는 빅뱅 속에서 살아가는 사람들. 그 수많은 사람들 가운데 점처럼 찍혀 있는 나. 어쩌면 먼지 같은 존재인 '나'란 사람에게 주어진 운명이란 어떤 것일까라는 질문에까지 도달했다. 그리고 그 운명에 너무 얽매일 필요가 없겠다고 안도의 한숨을 내쉬었다. 우주를 생각하면 내가 지금 하는 고민이 다 소용없고 부질없는 것이라는 생각 때문이었다.

'운명의 무게를 너무 무겁게 생각하지 말자!'는 생각은 나에게 해방감을 안겨 주었다. 앞으로의 운명을 궁금해하고 두려워하는 마음에서 완전히 벗어나지는 못했지만, 어떤 운명도 가볍게 넘길 수 있는 배짱과 여유가 조금 생겼다고 할까?

점집을 찾아가거나 사주팔자를 보는 것에 의지하지 않고, 현실적으로 내가 직접 할 수 있는 것들을 하나하나 실천하면서 내 운명을 바꾸는 법을 택하기로 했다. 이런 나의 선택에 자신감을 얻게 된 경험이 최근에 있었다. 찰스 두히그의 《습관의 힘》(갤리온, 2012)이라는 책을 읽었는데,

거기에 무엇이든 일정 기간 지속하다 보면 뇌에 새겨져 프로그래밍이 된다는 이야기가 나온다. 나는 이것이 사실인지 실험해 보기로 했다. 《코스모스》를 쓴 과학자들이 우주를 연구했다면, 나는 내 작은 우주인 '뇌'를 연구해 보기로 한 것이다.

아침잠을 무지 사랑하는 내가 새벽 운동을 결심하면서 그것이 습관화되도록 100일 작전을 세웠다. 그리고 포기하지 못하도록 아이들에게 공표를 하였다. 처음에 달콤한 잠을 포기하고, 새벽에 일어나는 것이 엄청 괴로웠다. 엄마의 실험을 지켜보는 아이들이 없었더라면, 진즉에 포기했을 것이다. 역시 엄마의 힘은 대단하다.

그런데 신기한 것은 이 새벽 운동이 끊기지 않고 지금도 계속되고 있다는 것이다. 100일이 150일이 되고, 200일이 되면서 나는 매일매일 새로운 역사를 쓰고 있다. 엄마의 힘을 넘어 습관의 힘을 새삼 느끼게 된 것이다. 새벽 운동 프로그램이 내 뇌에 조금씩 새겨지고, 새벽잠을 더 자고 싶어 하는 몸의 유혹을 뇌가 이겨 내며 새벽 운동의 상쾌함을 떠올리게 했다.

이렇게 내 작은 우주인 '뇌'를 바꾸는 연구가 성공한 경험은 무엇이든 결심하면 해낼 수 있다는 자신감으로 발돋움했다. 소소한 변화로 내 삶을 채워 나가다 보면 나는 조금씩 운명을 만들어 가게 될 것이다. 그리고 훗날 내 운명이 그리 나쁘지 않았다고 회고할 날이 오리라 믿는다.

　　나는 고요한 새벽 운동 시간을 사랑하는 가족들과 의뢰인들, 지인들을 위한 기도의 시간으로도 활용하고 있다. 사랑하는 사람들을 위해 기도하다 보면 나를 괴롭히는 번민과 두려움이 사라지고, 마음이 평온해지기 때문이다. 이 평온함이 저녁이 되면 고갈되겠지만, 다음날 새벽에 또 채우면 된다. 부디 나의 기도가 사랑하는 이들의 운명을 조금 더 좋은 곳으로 이끌어 주기를 바라 본다.

에필로그

그럼에도 불구하고 나는 계속 변호사이다

'나는 왜 누군가를 변호하는 이 일을 하게 되었을까?'

'변호사의 소명이란 어떤 것일까?'

하루 24시간도 모자르게 바쁜 삶을 살다가도 이런 근본적인 질문을 던질 때가 있다.

변호사라는 직업을 선택하고 이 일을 하기 시작하면서 나는 막연히 이런 생각을 했다. '누군가의 기댈 곳이 되고 싶다. 그 사람이 다음 발걸음을 내딛을 때 그 발걸음이 밝고 새로운 미래를 향하도록 하고 싶다.'

슬프게도 나를 찾아오는 분들은 대부분 억울한 사연을 가진 분들이다. 그러기에 변호사는 기분 좋은 일로 사람을 만날 수 있는 직업이 아니다. 솔직히 내가 대단한 업적을 세운 뛰어난 사람도 아니고, 배꼽 빠지도록 웃기는 이야기를 하는 사람도 아닌데, 그럼에도 불구하고 나를 찾아오는 이유를 곰곰이 생각해 보았다. 그건 아마도 그분들의 고민을 하나부터 열까지 열심히 듣고, 마음으로 이해하려 하고, 솔직하게 답변하기 때문일 것이다. 나보다 나를 더 잘 이해하는 사람이 옆에 있다면, 그보다 더 큰 힘이 되는 것이 어디 있겠는가. 사실 그런 경지까지 오르려면 아직 멀었지만, 그래도 최선을 다해 의뢰인의 입장에서 생각하고 한마음이 되려고 매 순간 애쓴다.

처음 변호사 사무실을 개업하면서 홈페이지를 만들고 이런 글을 올렸다. 벌써 17년이 된 약속이다.

이곳은 당신의 기막히고 답답한 이야기를 다 털어놓아도
절대 안심하실 수 있는 공간입니다.
당신의 짐을 내려놓으시면
속 시원한 해결책을 찾아가실 수 있게
최선을 다할 것이며
정직한 조언을 드리겠습니다.

당신을 위해
때로는 창이 되고 때로는 방패가 되어

당신을 지켜드리고

당신의 권리를 찾아드리겠습니다.

이것이 이곳을 만든 저의 바람이고 약속입니다.

나 혼자 시작한 사무실이 지금은 어느덧 법무법인 승인으로 성장했다. 나는 지금도 풋내기 변호사 시절 의뢰인과의 약속이자 나와의 약속을 매일 되뇌이며 초심이 흔들리지는 않았는지 자문한다. 그 약속을 지키기 위해 의뢰인의 방패가 되었고, 상대방이나 세상으로부터 날아오는 화살을 대신 맞기도 했다. 나의 생각이 옳고 진실하다면 화살이 정신없이 날아오더라도 살아날 수 있다고 믿었다. 정신을 바짝 차리고 몸을 낮추어 때를 기다리면 반드시 반격의 기회가 오는 것을 경험했다.

삶은 때를 기다리는 매우 고단하고 지난한 과정들로 채워진다. 소송도 그렇다. 생각보다 시간이 오래 걸리고 그것을 견디는 과정이 힘들다. 그러나 끈기 있게 기다리다 보면 기다림의 끝이 보이고, 어느 순간 앞으로 나아갈 때가 찾아온다. 이렇듯 기다림의 시간을 감내하고 앞으로 나아갈 기회를 얻기 위해서는 인내의 근육을 늘려야만 한다. 그래야 그 힘으로 단호하게 나아갈 수 있다. 그래야 지난 과거의 아픔과 결별할 수 있다.

변호사는 과거의 일을 정리해 승패를 결정지을 줄 알아야 한다. 그래서 나는 의뢰인들에게 자주 말한다. 이 순간을 '설거지'나 '씻김굿'이라 생각하고 모든 것을 변호사인 나에게 맡겨 달라고. 당신은 앞만 보고 나가시라고. 변호사는 숙명적으로 의뢰인의 과거를 자꾸 돌아볼 수밖에 없다. 나와 인연을 맺은 의뢰인의 과거를 통해 미래를 향한 길을 보여 주기 위해서다. 그때 나는 그의 손을 잡고 밝은 곳으로 이끌고 싶다.

내일이 어제 같고 오늘 같다면 얼마나 절망적인가! 힘든 과정들을 겪어야 할 명분이 없지 않은가! 그래서 소송이 끝나고 문을 나서는 의뢰인에게 활짝 웃으며 이런 말을 건넨다. "저와 인연을 맺은 분들은 모두 잘 살고 계세요. 소송 이후의 삶은 더 나아질 것이니 두고 보세요." 이 말은 과거에 얽매여 괴로워하는 그분들을 미래로 보내는 나의 기도이기도 하다.

나 또한 나의 내일을 오늘과 다르게 살기 위해 시행착오를 겪으며 살고 있다. 그리고 나의 발걸음은 늘 조금씩 앞으로 향해 있다. 누구에게나 불확실한 미래이지만,

내가 용감히 앞서 나아간다면, 나를 믿고 따르는 분들도
안심하고 한 발을 내딛을 수 있을 것이다. 그 마음으로 나
는 또 오늘을 맞는다.